악마의 귀라도
빌려드릴까요?

야초둔 장편소설

악마의 귀라도 빌려드릴까요?

문학수첩

목차

악마가 상주하는 곳

〈악마의 심리 상담소〉라는 간판이 떨어질 듯 아슬아슬하게 걸려있는 건물. 사람들의 호기심을 끌기엔 충분한 장소임에도 불구하고, 악마라는 단어가 내뿜는 음산한 기운 때문에 사람들은 쉽게 사무실 문턱을 넘지 못한 채 그저 스쳐 지나가고만 있다.

그런 사람들 틈 사이로 갈색 체크무늬 정장을 입고 검은색 뿔테를 쓴, 딱 봐도 며칠 굶은 듯 보이는 그림자가 그 앞에 우뚝 멈추어 서더니 자주 가는 단골 가게에 들어가듯이 자연스럽게 허리를 숙여 주광색 불빛이 새어 나오는 건물로 들어간다.

그는 긴 복도를 미끄러지듯이 자연스럽게 지나 복도 끝 불빛으로 빨려 들어갔다. 이어서 조용한 복도에 '끼이익' 하며 초록색 칠판을 긁는 듯한 소름 끼치는 소리가 울려 퍼졌다. 누군가 그 소리를 들었다면 아마도 지옥에 들어가는 문을 여는 것과 같은 소리라고 했을 것이다.

아무도 나와서 그를 반기지 않았지만, 익숙한 듯 갈색 체크무늬 재킷을 체리색 나무 옷걸이에 걸고 딸기 상자를 그 아래 툭 하니 던져놓고는 정면에 보이는 악마의 심리 상담실이라는 팻말이 적혀있는 문을 열고 들어갔다. 그러곤 그 안에 덩그러니 놓여있는 나무 의자에 털썩하고 주저앉았다.

"후우."

마치 성당 고해소처럼 어둠만이 그를 반기고 있었다. 심지어 그의 이야기를 들어줄 사람은 그림자조차 보이지 않았다. 그리고 이어지는 침묵. 몇 분이나 흘렀을까? 코발트색 커튼 뒤에 숨죽이고 있던 어두운 그림자가 낮잠을 자고 일어나듯이 기지개를 켜고 하품하며 벨벳 커튼을 젖히고 나왔다.

"언제 왔어요, 명한 씨?"

둔탁한 중저음 목소리의 검은색 가운을 입은 남자가 커튼에 드리워진 어두운 그림자 속에서 아무렇지 않게 나와서 의자에 앉은 명한에게 가볍게 목 인사를 하자, 명한은 놀라지도 않고 오전 내내 자신의 목을 휘감았던 파란색 줄무늬 넥타이를 풀어 젖히며 말했다.

"방금이요. 지철 원장님, 저희 벌써 세 번째 상담인가요?"

명한이 원장님이라고 부른 남자는 명한의 얼굴을 흘겨보며, 다소 차가운 말투로 대답했다.

"글쎄요. 그랬던가? 그나저나 오늘은 또 무슨 일이죠?"

몇 번째 상담인지도 모르는 상담소 원장이 있을까? 심지어 지철은 명한이 귀찮은 듯, 오른손을 올려서 귀를 팠다. 손님을 쳐다보는 그의 눈빛은 환영의 의미보단 경멸에 더 가까웠다. 명한은 그런 지철의 모습에 놀라기는커녕 마치 자신의 이야기만 들어주면 된다는 듯, 대화를 이어갔다.

"아마 맞을 거예요. 다른 건 몰라도 제가 숫자 세는 건 정확해서…"

지철은 명한의 대답에 실없이 웃으며, 말없이 자신의 왼쪽 주머니에 구겨 두었던 종이를 꺼냈다. 이번이 몇 번째인지 모른다던 지철의 말과 다르게 상담 기록지에는 정확히 세 번째 상담임을 알 수 있는 숫자가 적혀있었다.

이름	유명한	나이	45세
		직업	이혼 전문 변호사

* 사망 시 정해진 행선지 : 지옥

이유	남들 이혼을 도와주기 위해 밤낮없이 일했지만, 정작 가정을 소홀히 하는 바람에 아내가 심한 우울증에 걸려 아이를 유산하고 만다. 결국 아내와 이혼하게 되고 아이를 잃었다는 슬픔에 빠져 쓰레기처럼 살다가 아랫집 이웃에게 살해당함.

* 천국에 가기 위한 방법 : 없음. 있다면 무엇?

주치의   악마 정지철

지철은 그의 내담자인 유명한 변호사가 천국에 가기 위한 방법이 없다는 듯 고개를 절레절레 흔들었다. 하지만 지철의 손님을 무시하는 행동에도 불구하고 명한은 오늘 자신이 이곳을 방문한 이유를 말하기 시작했다.

"오늘 또 그 의뢰인이 와서 상담하는데. 참나, 들으면 들을수록 정말 한심한 인간 아니겠어요? 아니 정확히는 한 번도 아니고 여러 번의 바람을 피운 놈이라고 해야 하나? 심지어 사람이라면 도저히 할 수 없는 그런 일들을 저질러 놓고, 이번에도 아무 탈 없이 이혼하고 세 번째 결혼을 하고 싶다고 저를 찾아왔더라고요. 뭐 경험자다 보니까 이미 재산은 주식과 현금으로 분산해서 숨겨둔 건 기본이고, 두 번째 부인에게도 한 푼도 줄 수 없다고 하더라고요. 그런데 원장님, 그 이유가 뭔지 아세요? 자기가 출근할 때 아침밥을 안 차려줘서. 지밖에 모르는 쓰레기 같은 놈. 밥은 지가 직접 차려먹으면 되지. 어떻게 자기 애까지 낳은 사람에게 그럴 수가 있죠? 정말 자기밖에 모르는 구역질 나오는 의뢰인이었어요."

"유명한 씨. 무슨 그런 일로 그렇게 열을 내고 그러세요? 세상엔 더한 사람도 많아요. 그래도 뭐… 그 정도 죄목으로는 지옥에서 사지를 갈기갈기 찢긴 후 지옥 불에 던져지는 정도까지는 가겠군요."

보통 상담사였다면, 투덜거리는 내담자의 말을 공감하고 이해해 주었겠지만, 지철은 냉철한 말투로 그의 말을 받아칠 뿐이었다. 그런데 이상하게 그의 말에 위로받은 것 같은 명한이 지철을 향해 방긋 웃었다.

"그렇게만 된다면 제 죄책감이 조금 줄어들 것 같군요. 사실 저는 그 쓰레기 같은 사람의 사건을 맡을 수밖에 없는 상황인지라… 최근 사무실 개원으로 빌린 돈에, 집 대출비에… 갚아야 할 돈들이 제 눈앞에 입을 딱 벌리고 줄을 섰으니까 말이에요. 그리고 또…"

"아내분이 임신하셨고…"

"맞아요. 지난번 상담 때 말씀드렸었죠. 이제는 한 사람의 몫까지 더 책임져야 하니까요! 더 열심히 돈을 벌어야 해요."

"그러니까 저하고 이럴 시간에… 부…"

지철은 자신도 모르게 튀어나오는 말을 제지하듯이 황급히 자신의 입에 검지를 넣어 나오려는 말을 집어넣었다. 그러곤 재빨리 그 말을 덮어버리려는 듯이 다른 말을 이어갔다.

"아니! 그러니까 제 말은… 부질없는 생각하지 말고 변호를 그럼, 계속하세요. 어차피 끔찍한 지옥행 열차가 그를 향해 달려가고 있을 테니까 말이에요."

"아… 맞아요. 굳이 제가 그 사람의 죄를 묻지 않아도 죽어서 심판받게 되겠죠. 딱 봐도 지은 죄가 한두 개가 아닌 것 같으니까 말이에요. 저는 이곳이 참 좋아요. 다른 상담소처럼 제 손을 붙잡고 그런 일을 하지 말라든가, 양심에 손을 얹어보라든가, 당신을 이해한다며 위로하는 그런 말들이 없어서 좋아요. 제가 처한 현실을 꾸밈없이 그냥 말하면 된다고 해야 할까요?"

"맞아요. 당신은 이곳을 감정 쓰레기통으로 사용하면서 무료로 이용하고 있죠. 비록 당신은 의뢰인에게 시간당 30만 원을 상담비로 받고 있지만 말이에요."

"하하하, 맞아요. 역시 정곡을 찌르시는군요. 사실 위로가 된다기보단 무료라서 오는 거죠. 누가 이런 솔직한 제 마음속 이야기를 무료로 들어주겠어요? 심지어 제 아내도 회사 이야기는 집에서 입도 뻥긋하지 말라는데. 그래서 저에겐 이곳은 제 마음속 깊은 곳에 있는 어두운 생각들을 그냥 버리고 가도 양심에 찔리지 않는 유일한 곳이랄까요?"

"감정의 쓰레기통이든 뭐든 저는 상관없어요. 당신이 저에게 버린 그것들은 나중에 당신이 수거해야 할 더 큰 죗값이 될 테니까 말이에요. 당신의 죄명은 아마도… 소중한 시간을 저와 보낸 죄 정도가 되겠네요."

명한은 갑자기 울리는 핸드폰에 찍힌 이름을 보더니 황급히 의자에서 일어났다. 그러곤 자신이 벗어두었던 재킷을 입으러 가면서 지철에게 말했다.

"또 이상한 말씀을 하시네요. 저는 일주일 만에 집에 돌아가는 거라. 잠깐 들른 거라서 오늘은 이만 가볼게요. 다음에 또 올게요."

명한은 서둘러 상담실을 빠져나갔다. 들어왔을 때 응접실에 벗어두었던 체크무늬 재킷을 서둘러 입고 들고 왔던 딸기 박스를 자신의 품속에 넣으며 사라졌다. 그의 뒷모습을 뚫어지게 쳐다보고 있던 지철은 상담 카드에 추가 설명을 간략하게 적었다.

다시 지철은 벨벳 커튼 안으로 들어갔다. 명한과 두 번째 상담할 때부터 무언가 역한 게 거꾸로 식도를 타고 오르는 느낌이 들었다. 도대체 언제까지 이런 쓸모없는 상담을 하고 있어야 할까.

몸 안의 신경세포가 마치 이쑤시개처럼 바짝 곤두서 온몸을 찌르듯이 두드러기가 올라왔고, 앞으로 자신에게 닥칠 불행을 모르고 마냥 행복해하는 인간들을 상담하면서 점점 지쳐갈 뿐이었다.

심지어 자신이 이곳에 온 이유. 즉 지옥 가게 될 인간을 천국으로 가게 만들어야 하는 일이 과연 가능하겠냐는 의심이 점점 '불가능하다'는 확신으로 바뀌고 있었다.

바뀌지 않는 인간뿐만 아니라 지철에게는 또 다른 큰 문제가 있었다. 살을 에는 듯한 지독한 추위. 지옥에 있을 때 지철은 지옥 불 근처에서 근무했다. 그래서 겨울인 지금의 온도는 숨을 내뱉을 때마다 고드름이 돋아 콧속부터 심장까지 뚫어버릴 것만 같은 느낌이 들게 했다. 그 사실을 증명하듯 지철이 '후' 하고 숨을 내뱉으면 그를 감싸고 있던 벨벳 커튼에 성에가 촉촉하게 맺혔다.

그래서 이렇게 커튼 속에서도 덜덜 떨며 살 수밖에 없었다. 하지만 지옥에서 지철은 이름만 들어도 악마들을 벌벌 떨게 만드는 악마 중의 악마였다. 악마들은 그를 '천사를 꼬여서 지옥으로 떨어지게 한 지옥의 수문장 베스탄'이라고 불렀다.

지철은 코발트색의 벨벳 커튼에 숨어서 메시지를 보내기 위해 핸드폰을 꺼내 들었다. 그의 손은 자연스럽게 수신인으로 사신 K라 저장된 번호를 선택하고, 제목은 대충 오늘의 보고서라고 치고 나서야 악마의 보고서라고 적혀있던 노란 메모장에 있는 문장들을 성의 없이 긁어서 붙여 넣었다.

결과라고 적혀있는 마지막 문장에 이내 그의 시선이 멈췄다. 잠시 꺼진 핸드폰 화면에 비친 그의 왼쪽 눈에는 방금 다녀간 유명한이 피범벅이 된 채 지옥문을 열고 들어가는 모습이 보였다. 그는 그 모습을 바라보며 단전에서 끓어오르는 깊은 한숨을 내쉬었다.

"결국 또 아무것도 바꾸지 못했군…"

실패라는 말을 되뇌며, 상담 결과 칸에 독수리 타법으로 구제 불능이라는 단어로 보고서를 마치고 문자 전송 버튼을 누르고 나서야 그는 눈을 지그시 감았다. 귀찮은 일을 끝냈다는 듯 대충 핸드폰도 바지 주머니에 구겨 넣었다.

처음엔 지철은 이 하찮은 보고서가 필요할 거라고 생각하지 못했다. 아니 어쩌면 쉽게 일을 끝낼 수 있겠다는 희망을 품었던 적도 있었다. 하지만 인간 세계에서의 생활 7년째에 접어들며 그 희망은 물거품이 되어 사라져 버렸다. 자만하던 과거의 자신에 대한 후회가 물밀듯이 몰려왔다.

'아니, 이 멍청한 과거의 베스탄! 어떻게 이런 사람들을 바꿀 수 있다고 쉽게 속단하였었냐? 다시 내가 과거로 돌아갈 수만 있다면, 나를 지옥 불에 던질지언정 절대 이곳에 온다는 대답을 하지 않을 거야!'라며 소리를 치더니 자기 머리를 벽에 여러 번 쿵 하고 박았다. 다행히 피는 흐르지 않았다. 한심한 결과에 지철은 고개를 푹 숙인 채 오늘도 벨벳 커튼 안에서 눈을 감았다.

그렇게 커튼 속에 자신을 숨기고 낮잠이나 자려는 순간, 메시지 알림이 여러 번 울렸다. 지철은 누군지 알고 있는 듯 핸드폰을 꺼내지 않았다.

"귀찮고 불편한 인간들. 안 봐도 뻔해. 오늘도 또 똑같은 문자겠지? 밥은 먹었냐는 둥 오늘은 어땠냐는 둥 하는 말들

말이야. 어차피 답장 못 받을 줄 알면서. 난 당신의 아들이 아니라고. 더 이상!"

그는 과거를 회상하는 듯 눈을 질끈 감았다. 저승에서는 지옥에서 인간 세계로 저주받아 떨어진 악마나 타락한 천사 이야기는 이제 너무 흔한 이야기가 되었다. 하지만 감언이설로 천사들을 지옥으로 끌어들여서 신들에게 미움을 사 인간 세계로 떨어지게 된 희대의 악마 이야기는 그들 사이에서 아직도 회자되는 유명한 이야기였다.

그리고 이 이야기에서 가장 흥미로운 점은 아주 사소하고 개인적인 이유에서부터 그 사건이 시작되었다는 점이다.

그저 퇴근을 하고 싶었을 뿐

지옥 불 앞에서 지옥문을 지키던 악마였던 지철은 지옥세계에서 베스탄이라는 이름으로 불렸다. Death와 Birth의 사이. 죄 지은 인간들을 한순간에 물거품으로 만들어 버린다고 하여 붙은 이름. 하지만 베스탄도 피할 수 없는 게 있었다. 그건 바로 야근이었다.

매년 죄인의 수가 걷잡을 수 없이 늘어나고 있었지만, 정작 이를 관장하는 악마의 수는 정해져 있었기에 베스탄은 칼퇴근은커녕 저녁 식사까지도 굶기 일쑤였다. 끝없이 이어지는 죄인들의 행렬로 늘어나는 건 그의 한숨뿐이었다.

하지만 5미터 남짓 떨어져 있는 천국은 달랐다. 마치 천국과 지옥의 대비를 보여주듯, 한 곳은 철저하게 한가로워 아름다웠고, 다른 한 곳은 처절하게 바빠서 고통스러웠다. 차라리 눈에 보이지 않았다면 이렇게 미친 듯이 부럽지는 않았을 텐데.

혹은 만약 지옥의 수문장이 희대의 악마인 베스탄이 아닌 야망이 없는 일개 하찮은 악마였다면 그런 일은 일어나지 않았을 텐데. 하필 그곳에 그가 있었고, 천국은 여느 때처럼 한가했다. 그렇게 맞추어진 퍼즐이 어느덧, 마지막 조각의 자리만 남게 되었다.

얼굴이 사과처럼 빨개진 베스탄은 거친 숨을 내뱉으며 지옥의 신을 찾아갔다. 얼마나 자신이 억울한지를 토로하기 위해 몇 번이나 눈을 까뒤집어 가며 열렬히 성토했다. 피부가 검은색이라 보이지 않는데도 다크서클이라 우겨대는 베스탄을 쳐다보던 지옥의 신은 여러 번 한숨을 쉬더니 이번이 처음은 아니라는 듯 눈을 감았다.

그랬다. 베스탄은 무언가 마음에 들지 않을 때마다 지옥의 신을 찾아가는 간이 큰 악마였다. 오늘도 자신을 찾아온 베스탄의 발걸음 소리를 듣고 지옥의 신은 황급히 눈을 질끈 감고 손을 턱을 괴며 잠이 든 척했지만, 소용없었다. 지옥의 신이 잠이 들건 말건 그건 베스탄에게 중요하지 않았기 때문에 오늘도 어김없이 목에 핏줄을 세우며 말했다.

"아니 지옥의 신님, 우리는 이렇게 악마가 부족한데… 저기 저 천사들은 매일 놀고만 있어요. 이거 너무 불공평한 거 아닌가요? 악마를 더 충원해 주세요!"

"그건 일전에도 말했지만, 불가하다 하지 않았느냐? 악마가 될 수 있는 건 죽은 영혼 중에서 3%에 불과하기 때문에 다시 충원될 수 있는 인재가 오려면… 적어도 10년은 더 기다려야 할 것 같구나."

"아니? 왜요? 예전에는 그렇게 악마가 많았다는데… 요즘은 심지어 지옥에 오는 죄 지은 영혼들이 이렇게나 많으니 악마로 뽑을 수 있는 영혼이 더 많은 거 아닌가요?"

"아무리 그 수가 많다 해도 악마가 될 수 있는 자격을 갖춘 인재가 없다는 게 문제구나. 심지어 인간 세계에서 사형제도가 없어진 이후로 우리는 더 기다릴 수밖에 없어졌다."

"도대체 악마가 되는 조건이 뭡니까?"

"반사회적 인격 장애!"

"사이코패스요?"

"그렇지, 자신을 위해서 남의 고통을 묵인할 수 있어야 악마가 될 수 있는 거야!"

"하지만 저는 사이코패스가 아닌데요…"

"글쎄 과연 그럴까? 베스탄, 너는 죽은 영혼들이 지옥 불에 타고 있는 모습을 보면 무슨 생각을 하지?"

"너무 많다?"

"뭐가?"

"불에 태울 줄 서있는 영혼들이 너무 많다고 생각한다고요. 오늘도 정시에 퇴근하기엔 글렀다든가. 몇 번을 말하게 만들어요?"

지옥의 신도 두렵지 않다는 듯 베스탄의 양쪽 눈은 지옥의 신을 향해 파르르 타올랐다. 그의 대답이 마음에 든다는 듯 지옥의 신은 씩 웃으며 대답했다.

"그렇지… 그래서 네가 최고의 악마인 거야, 그럼, 이참에 천사를 악마로 만들어 보는 건 어떠냐? 그들은 순백처럼 하얘서 네가 그들을 너처럼 만들 수 있다면 최고의 악마가 될 텐데… 하하하! 농담이다. 어쨌든 넌 난놈이야. 나를 찾아올 생각을 하고. 다들 나를 무서워서 찾아오지도 못하는데…"

"어차피 지옥의 신님께서 저를 없애지도 못하실 걸 아니까요. 가뜩이나 악마가 이렇게 부족한 시점에…"

"…그래서 말인데 네가 자리 비운 사이에 죄인들의 대기줄이 뱀처럼 똬리를 틀고 있다는 보고가 들어왔다. 지금 가지 않으면…"

"또 밤새우겠죠. 다음에 다시 올게요. 지옥의 신이시여."

빠르게 사라지는 베스탄의 뒤로 지옥의 신은 한숨을 쉬며 자신의 힘듦을 혼잣말로 고백했다.

'오늘은 웬일이지? 이렇게 빨리 수긍하고 돌아가다니… 그래! 바로 지금이야. 베스탄 모르게 여행을 떠나야 할 때가. 차라리 죄 지은 인간들을 지옥행으로 판결하는 일을 더하면 더했지. 매번 불평 많은 저 악마 하나 달래는 일이 더 큰 스트레스구나.'

지옥의 문을 향해 빠르게 걷던 베스탄은 지옥의 신이 던진 농담에 번개처럼 눈빛이 번쩍하고 빛나고 있었다.

'그래! 그렇게 해보자. 그렇게 하면 되겠어.'

며칠이 지났을까? 지옥은 천국과 지옥을 뒤집어 놓은 사건으로 웅성이기 시작했다. 화가 머리끝까지 난 지옥의 신이 당장 베스탄을 사무실로 부르라며 날뛰고 있었다. 그는 휴가지에서 급하게 날아온 듯 하얀 배스 가운을 입고 있었다. 베스탄은 이러한 사실을 아는지 모르는지 콧노래를 부르며 문을 열고 들어왔다. 그 모습에 지옥의 신의 인내심이 무너져

내렸다.

"도대체 베스탄! 넌 무슨 짓을 하고 다닌 거냐!! 내가 없는 사이에 발생한 이 혼란을 어떻게 책임질 거냐 말이다!"

베스탄을 불러 죄인처럼 무릎 꿇린 지옥의 신 얼굴은 이미 검붉게 물들어 있었다. 마치 자신이 아침에 있었던 신들과의 통화에서 얼마나 난감했는지를 증명이라도 하듯 한참을 길길이 뛰던 지옥의 신이 물었다.

"도대체 왜 그랬느냐? 왜 그런 황당한 행동을 한 것이냐? 이게 말이 된다고 생각하느냐? 천사들이 악마로 보직 변경을 신청하게 만든 게 말이다!"

"먼저 제안을 해주신 건 지옥의 신입니다. 저는 그 제안을 어떻게 하면 현실화할 수 있는지 생각한 것뿐이고요!"

"그게 무슨? 아니, 그땐 그건 분명 농담이라고 하지 않았느냐?"

지옥의 신이 호통을 치자 주변에서 번개가 번쩍였고, 다른 악마들이 못 볼 걸 본 듯이 벌벌 떨기 시작했다. 그 번개는 지옥의 신이 기분이 좋지 않을 때마다 번쩍이는 번개로 악마를 순식간에 가루로 바꿀 수 있었다. 하지만 베스탄은 눈 하나 깜빡이지 않고 대답했다.

"농담이요? 악마는 농담하지 않습니다. 거짓말을 좋아할

뿐이죠. 그리고 전 해야 할 일을 한 것뿐입니다."

"해야 할 일?"

"지옥의 신님이 휴가를 간 사이 이곳 지옥은 그야말로 아수라장이었습니다. 심지어 지옥에 가야 할 죄인들이 줄을 서다 탈주해 천국을 가질 않나. 악마들이 과한 업무에 시달려 죄인들을 단죄하지도 못해서 악마가 악마 같지 않다고 죄인들에게 놀림을 당했을 정도였으니까요! 그래서 참다못한 제가 그 해결 방안을 만든 것뿐인데 무엇이 잘못되었다는 말씀인가요?"

"아무리 그렇다 하더라도 우리에겐 따라야 할 규칙이 있다. 천사들이 어떻게 이 지옥 생활을 견딘단 말이냐? 다들 미치거나 도망갈 것이 뻔하다. 왜 뒷일은 생각하지 않고 일을 저지른단 말이냐?"

불같이 화를 내는 지옥의 신을 쳐다보며 베스탄은 당신은 뭘 모른다는 듯 콧방귀를 뀌더니, 차분한 말투로 말했다.

"사실 지옥의 신님. 굳이 천사들이 사이코패스일 필요가 없었습니다. 사랑은 무엇이든 가능하게 만드니까요."

"도대체, 무슨…"

"자! 이곳을 보시죠!"

베스탄은 지옥의 신을 지옥이 내려다보이는 테라스로 끌

고 가 변해버린 지옥의 모습을 보여줬다. 천사들이 악마와 짝을 이루어 죄를 지은 영혼들을 지옥 불로 안내하고 있었다. 그들은 서로 다른 이유로 무한한 행복을 느끼는 것처럼 보였다.

악마는 자신의 일이 줄어듦에 행복을. 악마의 옷을 입은 천사는 자신이 사랑하는 대상이 행복해하는 모습을 보며 기쁨을. 천사들은 이미 사랑을 위해 눈이 멀었고, 자신이 무엇을 하든지 상관없어 보였다. 타락한 천사의 모습 그 자체였다.

자신이 사랑하는 악마가 행복하게 웃을 수만 있다면 무엇이든 할 것 같은 그들의 모습을 보고 당황한 지옥의 신은 베스탄에게 물었다.

"이게 무슨… 저들이 왜?"

"지옥의 신님께서 말씀하셨죠? 천사들이 백지 같은 상태라고. 만약 그들이 백지라면 같은 백지보단 먹지가 더 끌리지 않겠어요? 왜 인간 세계에서 나쁜 남자가 인기가 많겠어요? 팜 파탈은요? 심지어 설탕은 달면 달수록 인기가 많죠?"

"그렇다 해도…"

"저희 악마들은 매일 악다구니 쓰며 죄인들을 잡아서 벌을 주고 지옥 불에 던져요. 그렇게 죄인들을 때리고 살을 찢고 하는 벌을 집행해야 해서 온몸이 근육질일 수밖에 없죠. 하지만 늘 그 멋진 몸매는 악마의 옷에 가려져요. 악마의 신님이 저에게 그 말을 한 순간 떠올랐어요. 그래, 이거다!"

"농담이었는데도…"

악마의 신은 난감한 듯, 길게 자란 검은색 손톱으로 머리를 긁적였다.

"그럼, 휴가라도 가시지 말았어야죠! 저는 마침 지옥의 신님이 휴가를 가셨다고 해서 바로 악마들에게 복장 자율화를 선언했어요. '민소매, 슬리퍼, 상의 탈의도 괜찮아요'라고 말이에요. 그랬더니 어떤 일이 벌어졌는지 아세요? 큰 파장이 천국에 일어났어요. 지옥을 쳐다보지도 않았던 천사들이 매일 앞에 모여있게 되었죠."

"하지만 그건 말이…"

"지금 보고 계시잖아요. 말이 되는지 안 되는지…"

"그랬더니… 악마와 커플이 되고 싶은 천사들이 보직 변경을 신청해 지옥에 제 발로 오게 되었다는 말이더냐?"

"맞아요. 저는 사랑이란 다디단 설탕 한 톨을 천국에 던졌을 뿐이에요. 그 단맛을 잊지 못하고 더 강렬한 단맛을 맛보기 위해 손을 먼저 내민 건 천사들이었어요."

"하지만 근육도 없어 장작처럼 삐쩍 마른 천사들이 우리에게 무슨 소용이 있단 말이냐?"

"그들은 저희와 다르게 성실해요. 꾀를 부리지 않죠. 거기다…"

"거기다?"

"아무에게도 종속되고 싶지 않은 악마들의 사랑을 받기 위해 최선을 다해요. 악마의 신님도 아시잖아요? 사랑이 제일 강력한 마약이라는 걸. 인간들이 지옥에 오게 되는 이유의 대부분이 사랑 때문이라는 것도요."

베스탄과의 대화에 어느새 지옥의 신은 빠져들고 있었다. 사실 그동안 지옥의 인력난은 오래된 골칫거리였고, 만약 그게 해결된다면 지옥의 신으로서는 나쁠 게 없어 보였다. 하지만 걸리는 게 하나 있었다.

"하지만 말이야. 다른 신들은 화가 많이 났어! 네가 이곳 세계에 혼란을 초래했다고. 내가 어떻게든 그들을 설득해 보겠지만 그러기 위해서는 시간이 필요해. 내가 너에게 벌을 줬다는 명분도 필요하지."

"그래서… 그분들이 저를 없애라고 하셨나요?"

"그래! 하지만 그건 내가 절대 안 된다고 했다. 너는 우리 지옥의 소중한 인재니까 말이야. 그래서 내가 생각이란 걸 해봤는데… 이건 어떠냐?"

"네?"

"네가 인간 세계에 가는 거야. 그곳에 가서 네가 지옥으로 올 영혼들을 미리 만나 천국으로 갈 수 있도록 도와주는 거야. 경비는 얼마든지 지원하마!"

"그게 성공한다면 지옥에 오는 영혼의 수도 줄어들고요?"

"그럼. 그리고 다시 네가 돌아왔을 때는 정시 퇴근을 할 수 있게 되겠지!"

"인간을 지옥으로 끌고 오는 건 쉽지만, 천국으로 보낸다는 건. 좀… 어려울 것 같은데… 혹시 그냥 귀찮은 저를 인간 세상에 버리려는 거 아니십니까?"

"아… 아니다. 나는 너를 믿고 보내는 거야! 너는 천사도 지옥에 오게 만든 악마야! 그리고 엘리트 악마 베스탄이다. 자부심을 가지렴!"

"그건 또 그렇죠. 인간들이 저만 보면 살려달라, 다시 태어나면 새사람이 되겠다고 빌긴 하니까…"

"거봐라. 쉬운 일이다. 네가 내려가기만 하면 이곳의 죄인들은 급격하게 줄어들 것이야. 그렇게만 된다면 네가 이곳에 다시 돌아왔을 때 한 달간 휴가를 보내주도록 하겠다."

"좋습니다! 그까짓 것 제가 한 달 안에 처리하고 오겠습니다."

"그렇지? 넌 악마 중 제일 뛰어난 베스탄이니까 말이다.

하하하."

자신 있게 다시 돌아오겠다고 말하고 지옥의 문으로 향하는 베스탄의 뒷모습을 지옥의 신이 아련하게 쳐다보았다. 베스탄이 점점 자신의 눈앞에서 사라지자, 지옥의 신이 혼잣말했다.

"지금 네가 직면할 가장 큰 문제는 인간의 운명을 바꾸는 게 아니라… 네가 갈 인간의 집이 사랑이 넘치는 화목한 집이라는 것이다. 미안하다 베스탄! 악마에게 유복한 가정에서 사랑받는 외아들이라는 조건이 얼마나 끔찍한지 알지만, 빠듯한 출장 경비에 유복한 가정이라는 매력적인 조건을 차마 버릴 수가 없었다. 미안하다 베스탄! 너는 잘해낼 수 있을 거야! 오래 있어주면 나야 좋고. 하하하!"

거미줄에 걸린 악마

"그렇게 건강하던 지철이가 이렇게 병원에 누워있다는 게 도저히 믿기지 않아서… 그래서… 흑흑…"

"그래. 나는 다 이해하지."

부둥켜안으며 서로를 위로하고 있는 부부가 대화를 마치기를 기다리고 있던 의사가 조심스럽게 말을 꺼냈다.

"다행히 큰 교통사고였음에도 불구하고 수술은 잘되었습니다."

"그런데 왜 우리 애는 깨어나지 않나요?"

의사는 찍어두었던 뇌 CT 화면을 가리키며 설명하기 시작했다.

"아마도 교통사고가 났을 때 다친 부위가 워낙 예민한 전두엽이다 보니 정신이 다시 돌아오는 데까지는 시간이 좀 걸리는 것 같습니다. 그리고 또…"

어두워지는 의사의 목소리에 긴장한 여자가 두려운 목소리로 되물었다.

"그리고 또요?"

"만약 깨어난다고 해도 후유증이 있을 수도 있으니 잘 지켜보세요."

"어떤 후유증이…?"

"아드님께서 다치신 곳이 감정을 전달하는 전두엽이다 보니 저희가 아무리 수술을 성공적으로 했다 해도 소심했던 성격이 거칠게 변한다든가 감정을 느끼지 못하게 되는 것과 같은 후유증이 생길 수도 있습니다. 보통 사람들은 그러한 증상을 반사회적 인격 장애라고 합니다만…"

그 말에 아빠로 보이는 남자의 얼굴이 새파래지더니 목소리를 더듬으며 말했다.

"혹시 그럼 저희 아이가 사이코패스가 될 수도 있다는 말씀인가요?"

"여보? 그게 무슨 소리야? 우리 애가 왜 사이코패스야?"

"그럴 수도, 아닐 수도 있습니다. 자세한 건 아드님이 깨어난 다음에 확인해 봐야 알겠지만, 미리 알고 있으셔야 충격이 덜하실 것 같아서…"

담당 의사에 갑작스러운 통보로 인해 충격을 받은 여자는 담당 의사 상담실 문을 나오자마자 얼굴이 새하얗게 질려서 쓰러졌다. 그리고 남편을 향해 믿을 수 없다는 듯이 고개를 절레절레 흔들며 울먹이며 말했다.

"여보! 이게 무슨 일이야… 착했던 우리 지철이가 사이코패스라니."

"아닐 거야, 여보. 의사 선생님께서 혹시나 하는 마음에 말씀하시는 거니까 너무 불안해 마!"

"그래도 나 너무 불안해. 그 애가 나를 차갑게 바라본다면 나는 정말 살지 못할 거야! 흑흑…"

"그래. 당신도 나도 아마 충격이 크겠지? 그래도 그 애가 살았다는 사실에 감사하자, 우리. 어떤 모습이든지 지철이는 우리 아이니까."

"그건… 그렇지만 상상이 안 가! 웃지 않는 지철이라니…"

아들이 누워있는 VIP 303호실로 향하는 부부는 발걸음이 무겁게만 느껴졌다. 그들이 방문을 열고 들어왔을 때, 초점 없이 멍하게 창문 밖을 내다보고 있던 지철이 그들의 발소리에 천천히 그들을 향해 얼굴을 돌렸다.

"어머! 지철아, 깨어났네? 어디 아픈 데는 없고?"

"네…"

"지철아, 우리가 얼마나 걱정했는지 아니? 그 밤에 편의점은 왜 갔어?"

"잘 기억이 안 나요…"

"여보! 지금 막 깨어난 애한테 그러지 마. 일단 지철아! 푹 쉬고 일어나. 엄마가…"

"…"

순간 차가운 눈빛의 지철이 마치 조용히 하라는 듯이 빤히 엄마의 얼굴을 쳐다보았다. 미소 없이 창백한 그 얼굴에 여자는 흠칫 놀라며 뒷걸음을 치고 말았다. 그들을 바라보고 있던 남자도 '의사가 말한 후유증이 이거였구나'라는 표정으로 멍하니 아내와 아들의 모습을 충격적으로 바라보고 있을 수밖에 없었다.

지철은 웃을 때 미소가 아름다웠던 아들이었다. 미국에서 명석한 두뇌로 최단 시간에 정신 건강의학과를 졸업하고, 이제는 자신이 부모님을 모시고 살겠다며 집 근처에 작은 의원을 개원했다. 주변 아픈 이들의 마음을 따뜻하게 치료하고 싶다며, 해맑게 웃었던 게 불과 한 달 전 일이었다. 이제 행복해질 일만 남았다고 생각했는데, 불행은 예고 없이 찾아왔다.

갑작스러운 교통사고로 병원에서 누워있은 지 3개월 만에 깨어난 지철은 충격받은 그의 엄마를 뒤로하고 등을 돌려 돌아누워 버렸다. 충격에 헤어 나오지 못하는 남자는 그저 멍하니 지철을 뚫어지게 쳐다보며 눈물을 흘리고 있을 수밖에 없었다.

"그래도 우리 애가 살아 돌아왔음에 감사함을 느끼자. 더 바라면 욕심이지 안 그래?"

"우리 애가 마치 우리 애가 아닌 것 같아서…"

들썩거리는 그들의 모습을 뒤로하고 지철이 혼잣말로 중얼거린다.

'참 불편한 광경이군… 빨리 일 끝내고 지옥으로 돌아가야지. 지옥의 신은 보내도 뭐 이런 곳으로 나를 보내서 첫날부터 아주 불편하네!'

지철은 온몸에 닭살이 돋은 듯이 오른쪽 왼쪽 허벅다리를 번갈아 가면서 벅벅 긁었고, 그 모습에 충격을 받은 여자는 자신의 입을 한쪽 손으로 막으며 흐느껴 울기 시작했다.

지철의 병원비를 벌기 위해 열심히 일하고 있던 부부는

지철을 가능한 한 빨리 데려가라는 병원 측의 메시지를 받게 되었다. 메시지를 받고 부리나케 달려온 부부의 손에 굳은 표정의 담당 의사가 아무 말 없이 그저 하얀 종이를 건네주었다. 그 종이에는 강제 퇴원당하는 아들의 사유가 정확히 적혀있었다.

강제 퇴원 기록지			
환자 이름	정지철	병명	반사회적 인격 장애 및 저체온증
이유	극도로 추위를 많이 타서 항상 온몸을 감싸는 패딩이나 두꺼운 옷을 신경질적으로 찾음. 상담 치료 시 극히 이기적인 성향을 보이며, 병원에서 만나는 사람마다 당신은 지옥에 갈 건데 가기 싫으면 이렇게 해야 한다는 말을 자주 하고 다니며 폭력을 사용해서 더 이상 병원에서 치료가 불가할 것으로 사료됨.		
치료법	부모의 적극적인 교육으로 사회적으로 용인되는 것과 되지 않는 것을 구분시킬 필요가 있음(감정적인 표현이나 말은 그의 화를 더 돋울 수도 있으니 자제 요망). 일반 병원 방문 자제 및 문제 생겼을 시 정신재활시설에 연락 요망.		
* 비고 : 가끔 자신을 악마라고 말함.			

자신의 아들이 자기가 악마라고 병원에서 말하고 다녀서 강제 퇴원하게 되었다는 내용에 놀란 여자가 사시나무처럼

손을 벌벌 떨고 있는데, 멀리서 점점 가까워지는 발걸음 소리가 들렸다. 여자는 뒤를 돌아봤다. 방금 퇴원 수속을 마치고 나온 어두운 표정의 남편과 아들이 걸어오고 있었다. 여자는 아들을 보자마자 안타까움에 눈물이 맺혔다. 이제 다 괜찮을 거라며 아들을 향해 두 팔을 뻗었다. 하지만 그런 그녀를 지철은 보이지 않는 것처럼 무심히 지나갔다. 그녀의 두 팔만이 허무하게 허공을 휘저었다.

지철은 그러거나 말거나 한 치의 망설임도 없이 병원 문을 향해 천천히 걸어 나갔다. 지철의 뒷모습을 여자는 그저 먼 발치에서 바라볼 뿐이었다. 점점 멀어져 가는 자신의 아들은 발걸음마저 감정 없이 차갑게 느껴졌다. 건들기만 해도 주저앉을 듯이 떨리는 그녀의 어깨를 남편이 다가와 위로하듯이 감쌌다.

그들에게 멀어진 지철은 아무렇지 않게 지상 주차장에 주차되어 있는 검은색 세단을 향해 걸어갔다. 아마도 인간 지철에게 남아있던 기억 속에서 찾았다는 듯이, 익숙하게 뒷자리로 미끄러져 들어갔다. 인간 세계에 떨어진 지 며칠 지나지 않았는데도, 그의 얼굴엔 이미 '피곤한 하루'라는 글씨가 빼곡히 적혀있는 것 같았다. 이를 알 리 없는 지철의 부모가 아무리 기다려도 오지 않자, 지철은 별수 없다는 듯, 창문을 내리고 고개를 빼꼼이 내밀며 소리쳤다.

"빨리 갑시다. 나 바쁜 악마… 아니 사람이야!"

'사람이야!'라는 허공을 찌르는 비명 소리에 병원을 향해 걷던 사람들의 시선이 일제히 검은색 세단을 향했다.

"어 그래. 가야지! 그래. 이제 우리 집에 가자!"

남자는 아들의 성화에 정신을 차렸다는 듯이 고개를 흔들며 차를 향해 걸었다. 아직도 사색이 되어있는 여자를 부축하면서. 지철은 그들이 자신을 향해 어색하게 웃는 모습에 온몸에 닭살이 돋는다는 것처럼 인상을 잔뜩 구기더니 다시 차창 안으로 사라졌다. 그 모습에 지철의 부모는 담당 의사가 '아드님은 당장 정신병원에 입원해야 한다'고 흘리듯 한 말을 떠올렸다.

"여보! 우리 할 수 있겠지?"

"당연하지. 우리 지철이는 잠시 저런 것뿐일 거야. 곧 원래 우리의 지철로 돌아올 거야. 오고말고!"

자신 있게 말하는 모습과는 다르게 목소리는 점점 작아져 갔다. 그 마음을 알아차린 듯 뒷자리에 앉아있던 지철이 운전석을 발로 툭툭 치며 아직 일말의 희망을 갖고 있던 그들을 향해 속삭였다.

"어머니! 아버지! 집에 갈 땐 조용히 갑시다. 다정하게 떠드는 건 딱 질색이라서."

"지철아! 그래도 엄마는…"

"조용히 갑시다!"

지철의 고함으로 인해, 차 안에 순식간에 냉랭한 기운이 감돌았다. 여자의 손은 아까부터 바들바들 떨리고 있었다. 남자는 그런 여자의 손을 꼬옥 잡았다.

"여보, 이제 막 병원에서 나왔잖아요. 우리 천천히 다시 해보자고요."

"쉿! 쉿!"

자기 부모를 잡아먹을 듯이 불타는 눈으로 바라보며, 오른손 검지로 자신의 입을 가리는 행동을 하는 지철은 다음번에는 자기 말이 경고로만은 끝나지 않을 거라는 걸 보여주고 있는 듯했다. 그 모습은 마치 하얀 양들을 앞에 태운 늑대의 모습과도 같았다. 이 가족의 동거는 쉽지 않을 것이라는 걸 보여주듯 차는 비틀거리며 그들의 집으로 향했다.

과거를 회상하며 생각에 잠겨있었던 지철은 갑자기 들리는 목소리에 화들짝 놀라서 감고 있던 눈을 떴다.

"원장님! 아직도 이렇게 커튼 안에 계시면 어떡해요? 사무실 앞에 소포가 있어서 가져왔어요. 딱 봐도 음식 같은데 여름엔 이렇게 밖에 두면 금방 상해요."

"오늘도 시끄러운 인간."

선애에게 들릴 듯 말 듯 지철은 혼잣말을 뱉었다. 선애는 늘 듣던 말인 것처럼 아랑곳하지 않고 코발트색 커튼을 젖혔다. 어둠 속에 숨어있던 지철의 공간에 갑자기 눈부신 햇살이 쏟아졌다. 지철은 갑자기 햇살이 들어오자 눈이 부신 듯, 밤새 게임을 하다가 나오는 폐인처럼 한쪽 팔로 눈을 덮으며 커튼 틈 사이에서 걸어 나왔다. 그런데 지철의 발끝에 하얀 물체가 걸렸다.

'툭.'

방금 선애가 들고 왔다는 소포였다. 정확히는 정사각형 흰색 스티로폼 박스였다.

"아… 이거 그냥 버려주세요."

지철이 열지 않아도 누가 보냈는지 알겠다는 듯, 하얀 스티로폼 박스를 발로 툭툭 쳤다.

"아니! 원장님 버리긴 왜 버려요? 여기 '사랑하는 마음 가득 담아 엄마 아빠가'라고 적혀있는데 원장님의 부모님께서 보내신 거 아니에요?"

"으으으… 사랑…"

지철은 '사랑'이라는 단어를 듣자마자, 벌써 머리가 지끈거린다는 듯이 한 손은 미간 사이를 짚으며 다른 한 손은 치우라는 듯이 손을 허공에 흔들며 대답했다.

"그냥 제 눈앞에서 일단 치워주세요."

"아니, 그래도 일단, 열어…"

"당장! 내 눈앞에서 치워주세요! 선애 씨!"

순간, 찢어질 듯한 차 경적소리와 같은 목소리가 사무실을 가득 메웠다. 순간, 소리에 놀란 선애가 귀를 막았다. 선애는 일단 알겠다며 박스를 들고 문을 향해 걸어갔다. 하지만 선애 인생에 포기는 없었다. 나가려던 문을 얼굴만 나올 수 있을 정도로 열더니, 찡긋 웃으며 말했다.

"그래도 원장님! 일단 제 책상에 둘게요. 마음 바뀌실 수 있으니까요."

선애는 뒤도 돌아보지 않고 서둘러 말을 뱉고, 문을 살포시 닫았다. 선애가 분노한 지철에게 간신히 지킨 택배 박스는 겨우 선애의 책상 위에 안착했다.

문이 닫힌 후 지철은 처음 선애를 만났을 때를 떠올리는 듯, 커튼 안에 다시 들어가 눈을 감았다. 처음 선애를 만난 건 한 달 전이었다. 갑자기 무슨 구인 광고를 보고 찾아왔다며 지철이 숨어있던 커튼을 젖혔다. 마치 그곳에 지철이 숨어있다는 걸 아는 사람처럼. 처음이었다. 망설임 없이 커튼을 젖힌 인간은.

지철은 순간, 실오라기 하나 걸치지 않은 맨몸의 상태에서 누군가를 만난 것 같은 기분이 들었다. 당혹과 당황 사이 언저리쯤. 놀란 지철은 몸이 굳은 채로 서있었고, 160도 안 되는 작은 키에 핏기 없는 여자가 그런 그에게 아무 말 없이 빨간 쪽지를 내밀었다. 갈색 머리는 며칠 감지 않은 것처럼 윤기가 가득했는데, 빨간 쪽지 겉면 또한 머리 기름이 묻은 것처럼 번들거렸다.

윤기가 나는 빨간 쪽지를 받아 든 지철은 마치 못 볼 것을 받은 것처럼 손을 바들바들 떨었다. 악마에게 빨간 쪽지는 지옥의 신이 번개를 내리쳐 사라지게 만들기 전에 마지막으로 받게 되는 경고였기 때문에. 그래서 '빨간 쪽지를 받은 악마는 죄 지은 인간처럼 지옥에 떨어졌다더라', '가루가 되어 사라져 버렸다더라'라는 소문의 주인공이 되곤 했다.

그런데, 인간 세계에서 빨간 쪽지라니. 지철에겐 상상 조차 하지 못 한 일이었다, 선애가 건넨 쪽지를 보고 지철은 그만 뒷걸음질 칠 수밖에 없었다. 지철의 몸에 있던 솜털들이 고슴도치의 가시처럼 뻣뻣하게 서다가 굳어버렸다.

거미줄에 걸린 악마

하지만 놀란 지철을 보고 물러설 선애가 아니었다. 동상처럼 굳어있는 지철에게 더 가까이 다가가 그의 손에 쪽지를 꼬옥 쥐여주었다. 어쩔 수 없이 쪽지를 받아 든 지철은 실눈을 뜨고 쪽지 내용을 읽었다. 역시 보낸 사람은 지철이 예상한 사람이었다.

> 지옥 통신망 고장으로 인해 메시지 수신 오류 발생.
> 상담 보고서는 지금 보내는 인간에게 일임하길 바람.
>
> • 이름: 김선애
> • 나이: 28세
> • 채용 사유: 말수가 적고 매우 조용함.
>
> 절대 보고서 내용 부실로 인한 감시자 파견이 아님.
>
> −지옥의 신−

다행히 죽기 전, 마지막 경고는 아니었다. 지철은 안심과 동시에 목까지 닿았던 칼날이 감시자까지 보낸 지옥의 신을 향해 바뀌는 걸 느꼈다.

'왜 이렇게까지!'

지철은 두 주먹을 불끈 쥐었다. 하지만 그렇다고 딱히 복수할 수 있는 방법이 있는 건 아니었다. 지옥의 신은 지옥에, 한때 최고의 악마였던 베스탄 자신은 하찮은 인간의 몸 안에 갇혀있으니까. 그저 죄 없는 빨간 쪽지만 갈기갈기 찢을 수밖에. 그 모습에 놀란 선애가 펄쩍 뛰었다.

"아니! 뭐 하시는 거예요?"

사방으로 찢겨진 빨간 쪽지를 보곤 선애가 바닥을 손바닥으로 쓸기 시작했다. 선애에게 유일하게 남은 희망 같았던 쪽지였기에. 하지만 지철은 아무런 대답이 없었다. 그저 아랫입술을 피가 나게 깨물며, 빨간 쪽지를 째려보고 있었다. 지철의 눈에는 다시 돌아가지 못하는 지옥에 대한 슬픔과 지옥의 신에 대한 분노가 맺혀있었다. 당장이라도 지옥의 신이 자신에게 보낸 저 여자를 내보내고 싶었다.

하지만 순간 '만약'이라는 불길한 예감이 지철의 뇌를 스쳐지나갔다. 만약 통신장애가 사실이라면, 지옥의 신과 소통할 수 있는 유일한 선택지는 저 여자뿐이었다. 혹여나 저 여자를 쫓아낸다면 지옥으로 다시 돌아갈 수 있는 방법 또한 사라지게 된다는 불안감이 엄습했다. 지금은 선애를 내쫓을 수 없다는 결론에 도달한 지철은 눈을 질끈 감았다.

"그래요. 선애 씨라고 했나요?"

"네… 그렇고말고요, 원장님."

"말수가 적은 편은 맞으시죠? 저는 시끄러운 인간은 딱 질색이라. 직업이 상담사다 보니 일 이외에 하는 말들이 다 귀에 꽂히는 이쑤시개처럼 느껴진달까요?"

"그럼요. 그렇고말고요."

"그래요. 그럼, 내일부터 출근하세요. 전 귀찮은 건 질색이니까 나머지는 알아서 하시고요."

"네. 그렇고말고요."

지철은 계속 같은 말만 반복하는 선애가 조금은 이상했지만, 이 이상으로 생각하는 것 자체가 스트레스였다. 가능한 한 빨리 눈앞에서 사라지라고 선애에게 말한 뒤, 유일한 안식처인 커튼 속으로 몸을 숨겼다.

'저를 감시한다고요? 이 악마 베스탄을? 웃기지 마세요. 저는 당신이 제게 보낸 그녀를 제 편으로 만들어 버리겠어요. 그래서 결국 당신께서 받게 될 보고서에는 베스탄을 당장 지옥에 복귀시켜야 한다는 내용뿐일 겁니다. 저는 예전의 순진한 악마 베스탄이 아닌 인간 세상에 내려온 지 7년이나 된 상담사란 말입니다!'

지철은 제 발로 악마를 찾아온 인간 한 명을 구워삶기는 식은 죽 먹기라고 생각했다. 그 인간 한 명이 앞으로 불러올 파장은 상상조차 못 한 채 말이다.

선애의 첫 출근. 저녁 아홉 시, 악마의 상담소의 문을 여니 어제까지만 해도 휑하니 비어있던 응접실 내부가 어느새 선애를 위한 물건으로 가득 채워져 있었다. 정글을 그대로 옮겨놓은 것 같은 초록색 벽지에서부터 절대 울릴 리 없는 빨간색 전화기, 붉은기가 도는 적갈색 로즈 우드 책상, 최신식 노트북과 벽 한편에 가득 채워져 있는 한 번도 펼쳐본 적 없는 심리학 책들 하며 볼펜 통에 꽂혀있는 형형색색의 볼펜들까지. 모두 선애를 매수하기 위해 지철이 준비한 뇌물이었지만, 이를 알 수 없었던 선애는 그저 황홀한 듯 사무실에 우두커니 서서 바라볼 뿐이었다.

"꿈은 아니겠지?"

선애는 자신의 볼을 힘껏 당겨보았다. 사실 선애는 어제 지철을 만나고 출근할지 말지 집에서 나오기 전까지도 한참을 고민했다. 하지만 오늘 이렇게 자신을 위해 꾸며진 응접실을 보고 마음이 한결 놓였다. 그리고 책상 위에 가지런히 놓인 채용 계약서까지 보니 마음이 한껏 들뜨기까지 했다.

"나! 드디어 채용된 거야? 그래. 그 사람이 말한 것처럼 그렇기까지 나쁜 사람은 아니었어!"

한 달 전까지만 해도 선애는 그저 일할 곳만 생기면 좋겠다고 생각하며 인력 사무소 의자에 멍하니 걸터앉아 있었다. 그런데 갑자기 어떤 남자가 다가와 괜찮은 근무처가 있다며 선애의 어깨를 툭 치는 게 아닌가?

이 일은 당신에게 딱이라고 말하는 남자가 의심스럽긴 했지만 그 남자가 말하는 조건이 마음에 들었다.

"당신이 일할 곳은 사람들의 아픈 마음을 상담해 주는 상담소예요. 저녁 아홉 시부터 오전 여섯 시까지 근무고요. 그런데 원장님이 조금 까다로워요. 아니 성격이 조금 지랄 맞다고 해야 하나요?"

"상관없어요. 아니 오히려 좋아요. 사실 아르바이트할 때도 까다로운 손님 전담 직원이었거든요. 심지어 점장님이 저에게 저승사자를 만나도, 눈도 깜짝 안 할 간 큰 인간이라고 했을 정도였으니까요."

"아, 매우 인상적이군요. 오히려 저승사자가 더 나을지도. 그럼 지금부터 제가 하는 말을 잘 들으세요. 이 주소로 가서 사무실 안에 코발트색 벨벳 커튼을 젖히세요. 아마 들어가는 문은 활짝 열려있을 거예요."

"커튼이요?"

"네… 악마는 아니 원장님은 추위를 많이 타서 커튼 속에

늘 숨어있거든요."

"이 한여름에요?"

선애는 35도가 넘는 7월 중순에 벨벳 커튼 속에 숨어있는 남자가 있다니, 의아하긴 했다.

"아무튼 얼굴이 추워서 하얗게 뜬 남자에게 이 빨간 쪽지를 건네주세요. 그리고 그 남자가 무슨 말을 하든지 '네, 그렇고말고요'를 반복하시면 돼요. 다른 말은 안 돼요. 계약서를 작성하기 전까지는 말이죠."

검은 그림자는 선애에게 빨간 쪽지를 건네주었다. 그의 손끝이 살짝 선애의 손에 닿았는데 백지장처럼 차가웠다. 선애는 순간, 죽은 사람 손끝이라도 닿은 듯 소름이 끼쳤다.

"그렇고말고요…라고요?"

선애가 다시 한번 되물었다.

"맞아요. 그 말만 반복한다면 바로 채용될 거예요. 성격 급한 베스탄은 아마도 다음 날부터 바로 계약서를 쓸 테니 그리 어려운 부탁은 아닐 거예요. 키키키킥."

남자의 웃음소리가 복도를 가득 메웠다. 선애는 그의 웃음소리가 까마귀의 울음소리와 같다는 생각을 했다. 그리고 스치듯 들린 이름인 '베스탄은 또 누구예요?'라고 물으려고 옆을 보자, 자신과 대화를 나누던 그 그림자는 소리도 없이 홀

연히 사라진 후였다. 그가 남긴 말만 복도에서 메아리처럼 돌아왔다.

"어차피 손님 없어서 하는 일도 딱히 없을 겁니다. 시급은 4만 원이고."

'꿈을 꾸었나?'라는 의심을 순간 했지만 밑져야 본전이라는 생각으로 찾아온 상담소였다. 그런데 정말 남자의 조언대로 행동했더니 채용이 되었다. 이제 지철이 올려놓은 계약서만 작성하면 채용이 된다니… 꿈만 같았다.

눈에 잡히지 않는 신기루를 갑자기 손에 잡은 느낌이 들었다. 어떻게 이런 행운이 나에게? 먼지 하나 나오지 않을 것 같은 깨끗한 책상을 물끄러미 바라보며 선애는 왠지 눈물이 날 것 같았다. 지난날의 자신의 고통을 보상받는 것같이 느껴졌다. 형형색색의 펜이 꽂혀있는 연필통에서 선애가 가장 좋아하는 빨간색 펜을 집어, 지철이 준비해 둔 채용 계약서에 당당히 사인했다.

지철은 오늘도 선애가 응접실에서 내는 콧노래에 불쾌한 감정이 스멀스멀 올라왔다. 지철에게는 그 노래가 어떤 전기

고문보다 더한 고통을 주는 것처럼 보였다. 코발트색 커튼이 바람에 휘날리듯, 거칠게 흔들렸다. 지철은 선애와 계약한 지 하루도 지나지 않아 자신이 지옥의 신과 선애에게 속았다는 걸 깨달았다.

"아니! 선애 씨. 말수가 적다고 하지 않으셨나요?"

"네 그렇고말고요. 우리 집에서는 제가 제일 말수가 적은 편이거든요."

지철이 만약 예전 베스탄이었다면, 분명 더 깊이 생각해 보면 알 수 있었을지 모른다. 말수가 적다는 건 상당히 주관적인 표현이라는 걸. 그게 지옥의 신이 자신에게 놓은 덫이라는 걸 말이다. 하지만 빨간 쪽지가 지철의 판단력을 마비시켰고, 지옥의 신에 대한 분노가 그의 눈을 멀게 했다. 결국 그가 정신을 차렸을 때는 이미 선애와 채용 계약서에 사인을 마친 상태였다.

당장이라도 그 계약서를 갈기갈기 찢고 싶었지만, 악마는 절대 자기 손으로 한 계약을 파기할 수 없었다. 만약 지키지 않는다면, 악마가 지켜야 할 악법 제1조 제1항 '악마는 거짓말을 하지 않고 신의를 지켜야 한다'를 어긴 죄로 죽을 때까지 일만 하다가 먼지처럼 사라지는 형벌을 받아야 했다.

소문에 따르면, 다른 악마보다 왜소하고 마른 체구인 악마

가 지금의 지옥의 신이 될 수 있었던 이유가 바로 이 악법의
제정 때문이었다고 한다. 그가 내건 공약이었다. 물론 악마들
의 거친 욕설과 비난을 받았지만, 수적으로 우세한 다른 신
들의 열화와 같은 지지를 받게 되었다. 그 악법이 이렇게 자
신의 발을 잡을 줄이야. 지철은 상상조차 못 했다.

심지어 선애를 피해 다시 사랑이 넘치는 그 고통스러운 집
으로 돌아갈 수도 없었다. 상상만 해도 이미 앞뒤가 꽉 막힌
감옥에 갇힌 것같이 목이 막혀왔다.

지철의 미래에는 희망이 있을까? 막막하긴 마찬가지였다.
한마디로 답이 없었다. 자신을 구해줄 인간을 기다리며 상담
소에서 귀를 막고 참을 수밖에. 7년 전, 이곳에 내려올 때만
해도 유일한 구원의 빛이었던 상담소가 이젠 '구해줘 제발'
상담소로 바뀌어 있었다. 지철의 미간이 자신도 모르게 신문
지처럼 구겨졌다.

고통 속에 몸부림치는 것처럼 지철은 커튼 속에서 미친 듯
이 절규했다. 커튼이 요란한 소리를 내며 흔들렸다.

지옥의 신은 거울을 통해 고통스러워하는 지철의 모습을

흐뭇하게 바라보고 있었다. 그의 뭉뚝해진 손톱은 그간의 고통을 말해주고 있었다.

"아직 멀었어, 베스탄. 내가 너에게 당한 것에 비하면 말이다."

사실, 지옥의 신에게도 악마의 상담소 개업은 없던 계획이었다. 하지만 베스탄이 누구인가? 한 치도 예측할 수 없는 악마였다. 그런 사실을 증명이라도 하듯이 베스탄은 지철의 몸으로 들어가자마자 사고를 치고 다녔다.

"지옥의 신이시여. 큰일 났습니다."

"왜 또? 무슨 일이냐?"

"인간 세계로 내려간 베스탄이 천기누설을 하고 다닌다는 보고가 들어왔습니다."

"뭐라고?"

지옥의 신은 황급히 지상과 연결된 영상을 리모컨으로 틀었다. 영상 속에서 베스탄이 하늘색 병원복을 입고 사람들에게 말을 걸고 있었다.

"이봐 당신. 앞으로 8년 후에 당신은 지옥행이야. 많이도 해먹었네. 직원들 아이디어도 가로채고, 접대도 받고 난리가 아니었구먼. 하지만 나만 믿으면 천국 갈 수 있는데 나를 따라와 볼 거야?"

거미줄에 걸린 악마

치가 떨리게 만드는 영상이었다. 목표를 위해 과정은 어떻게 되든 상관없는, 전형적인 악마 베스탄의 모습이었다. 저렇게 떠벌리고 다니다간 얼마 안 가 또 윗분들의 분노를 부를 게 분명했다.

"사신 K를 당장 베스탄에게 보내라! 저놈의 주둥이를 막으라고!"

지옥의 신의 분노를 보여주듯 지상까지 번개가 쳤다. 하늘이 번쩍이고 있었다. 하지만 이를 알 리 없는 지철은 미친 듯이 병원 장례식을 지나 지옥행인 환자들을 찾아서 나만 믿으면 천국 갈 수 있다며 외치고 다니고 있었다. 바로 그때, 검은 그림자가 그에게 쓱 다가와 말을 걸었다.

"이거 참… 베스탄! 넌 참 난놈이야. 죽은 영혼도 아닌데 사신을 만나다니 말이야."

그림자의 등장에 눈 하나 깜짝하지 않은 지철은 차갑게 대답했다.

"야! 나 지금 바빠! 그리고 네가 사신이지 신은 아니잖아."

"역시 싹수없기는 예전이나 지금이나 매한가지네… 왜 지옥의 신님은 너 같은 멍청한 놈에게 이런 중요한 일을 시킨 거야? 나를 시켰다면 지옥으로 갈 영혼들을 천국으로 빼돌리는 건 일도 아닐 텐데."

"너야말로 멍청한 건 여전하구나. 사신 K, 네가 할 수 있다는 그 일은 결국 명부에 찍혀있는 망자를 빼돌리는 것이니 위에서 모를 수가 있겠냐? 잉크가 찍히기 전에 바꿔야 하는 중차대한 일이니 나한테 맡기신 거지!"

지철은 자신의 발걸음에 맞춰서 따라오는 그림자를 비꼬면서 말했다.

"그래서 그렇게 중요한 일을 시작도 전에 엎으실 뻔하셨어요? 자! 여기. 지옥의 신님이 너에게 전해주래."

"내가 언제? 뭘 엎어? 이렇게 열심히 하고 있는데!"

뾰로통하게 입이 나온 지철은 사신 K가 건네준 검은 봉투를 열어 내용물을 읽기 시작했다. 그 속에는 최신 핸드폰과 잔뜩 화가 난 듯한 지옥의 신의 필체로 쓰인 노란 쪽지가 있었다. 지철이 쪽지를 꺼내 읽기 시작하자, 지옥의 신의 목소리가 병원을 가득 울리기 시작했다.

"네 이놈! 베스탄! 내려가자마자 사고를 치면 어떡하느냐! 죄인을 찾아 천국에 보내랬지! 천기누설을 하고 다니랬냐 말이다."

지철은 노란 쪽지를 읽으면서 자신의 눈앞에 천둥이 치는 것 같은 오싹한 느낌을 받았다. 그래서 순간 주변을 두리번거렸다. 다행히 벼락은 치지 않았다. 그 모습에 사신 K는 재

믾다는 듯 튀어나오는 웃음을 간신히 한 손으로 막고 서있었다. 그리고 이어서 읽으라는 듯 지철의 어깨를 툭툭 쳤다.

"너에게 몇 가지 주의 사항을 알려주도록 하겠다. 먼저, 인간 정지철이 마련했던 사무실을 수리하고 있다. 굳이 네가 사람들을 찾지 않아도 개선의 여지가 있는 인간들에게만 보이도록 조처할 것이니 그전까지 천국과 지옥에 대한 어떠한 발설도 금지한다.

두 번째로, 절대 인간들에게 네가 보이는 것들을 말해서는 안 된다. 네가 인간들에게 말하는 것은 천기누설에 해당하니 만약 발설할 경우에는 너는 평생 그곳에 갇혀 다시 지옥으로 돌아오지 못하게 될 것이다.

그리고 마지막으로 보내준 핸드폰을 통해 앞으로 발생하는 사항을 보고하여라. 사신 K가 그 메시지를 받아 나에게 보고할 테니 쓸데없는 불평불만은 넣어두도록. 아! 그리고 사무실이 준비되면 문자로 주소와 시간을 알려줄 테니 그곳으로 출근하여라. 아마 네가 가게 될 행복을 볶는 집보다 추운 사무실에 있는 게 더 네 마음이 편할지니…

PS. 앞으로 너에게 전달할 사항이 있다면, 사신 K를 보낼 테니까. 부디 싸우지 말고 사이좋게 지내길 바란다."

앞으로 일거수일투족을 저 사신 새끼에게 보고해야 한다

니! 지철의 얼굴이 붉게 타올랐다. 지철의 얼굴을 뚫어지게 쳐다보던 사신 K는 웃으며 말했다.

"키키킥. 앞으로 보고는 간단하게 하도록. 난 바쁘니까!"

"너! 너 따위에게 내가 보고할 건 없어!"

분명 서로를 향해 욕설을 주고받고 있었지만, 사신이 보이지 않는 사람들에게는 지철이 허공에다 가운뎃손가락을 올리는 미친 사람처럼 보였으므로 수군대기 시작했다.

"병원에 소문난 미친 사람이 저 사람이야! 자신을 믿으면 천국 간다고 했대."

"신흥 종교야, 뭐야. 완전히 미친 사람이네!"

수군대던 사람과 눈이 마주친 지철은 갑자기 그 사람의 팔을 붙들더니 조용히 속삭였다.

"맞아요, 아줌마. 저 사이코패스예요. 하하하."

음산한 웃음소리가 병원 가득 퍼져 울렸다. 사람들은 뿔뿔이 미친 사람을 피해 사라져 버렸고, 미친 듯이 웃다가 멈춘 지철은 자기 온몸에 이미 거미줄이 칭칭 감겨 앞으로 나갈 수도 뒤로 도망갈 수도 없는 상태가 되어버렸다는 것을 직감했다.

그가 이곳에서 할 수 있는 유일한 일은 지옥에 갈 사람을 천국에 보내기 위해 그들의 목각인형이 되어 그들이 차려놓은 감옥과도 같은 상담소에 자기 발로 들어가는 일뿐이었다.

그렇게 시간이 지나, 그들의 목각인형이 된 지도 어느새 7년. 지철은 처음 인간 세계에 내려왔을 때 자신했던 것과 다르게 결국 아무도 천국으로 보내지 못했다. 지옥의 신 또한 베스탄이 이렇게 오래 돌아오지 못할 거라는 생각은 하지 못했다. 몇 년 대충 벌을 준다는 명목하에 내려 보냈다가 다시 데려와야지 했었지만, 막상 베스탄이 인간 세계에 내려가자 매번 불평을 하며 자신을 찾아오는 악마가 없다는 평온함에 1년만 더, 더를 외치다가 어느 새 7년이 되어버렸다.

하지만 더 이상 차가운 인간 세상에 베스탄을 내버려 둘 수만은 없었다. 지옥은 아직도 인력난에 시달리고 있었고, 고 사리 손이라도 빌려 써야 하는 상황까지 벌어지고 있었다. 그래서인지 커튼 속에 숨어서 오들오들 떨고 있는 지철의 모습이 처량하게 느껴졌다. 창문에 비친 그의 얼굴엔 절망만이 가득 차 보였다. 지옥의 신은 거울 속 그런 지철의 얼굴을 가만히 응시했다.

"베스탄. 그래, 한 번쯤은 다시 돌아올 기회를 줘볼까?"

지옥의 신의 말이 떨어지자마자, 거울 속 악마의 심리 상담소의 문을 두드리는 소리가 들렸다.

행복시 행복동에 위치한 상담소

"저기 여기가…"

잠을 며칠 못 잔 듯 퀭한 눈에 뼈만 앙상하게 남은 몸, 자꾸 흘러내리는 안경을 올리는 동작을 취하는 파란색 남방을 입은 남자가 지철의 사무실의 문을 주저하며 열었다. 응접실에 혼자 졸면서 앉아있던 선애는 처음 방문하는 손님의 인기척에 놀라서 소리를 질렀다.

"아악!"

놀란 마음도 잠시, 처음 방문한 손님이 마지막 손님이 될 수 있겠다는 생각에 선애는 다급히 그를 향해 팔을 뻗었다. 황급히 억지 미소를 지었다. 남자는 놀라서 뒷걸음질 쳤다.

선애는 남자를 진정시키기 위해 다급히 말을 걸었다.

"노… 놀라셨죠? 죄송해요. 오랜만에 온 손님이 너무 반가워서요. 얼른 들어오세요."

"네? 네… 안녕하세요?"

너무 과한 환대가 부작용을 불러온 걸까? 선애와 눈을 마주친 남자는 다음에 다시 온다고 말하고는 나가려고 뒤돌았다. 하지만 선애는 모처럼 찾아온 기회를 눈앞에서 놓칠 수 없었다. 선애는 잽싸게 문 쪽으로 뛰어가 남자를 막아섰다.

"일단 들어오세요. 여기 이상한 곳 아니에요. 아니 오히려 무료로 다친 마음이나 응어리진 곳을 풀어주는 곳이죠. 원장님도 그 뭐냐, 엄청 유명한 학교 나오신 분이라니까요?"

"아니에요. 죄송합니다. 다음에 다시 올게요."

"에이~ 다음은 무슨, 다음에는 상담을 못 받을 수 있어요. 예약이 워낙 꽉 차는 곳이라. 안 그래도 지금 마침 상담이 가능한 건 손님이 운이 좋은 거예요. 일단 사무실에 들어가서 나머지 이야기를 나누어요. 커피나 차, 뭐 드실래요?"

막무가내로 밀어붙이는 선애의 두 팔에 밀려 남자는 지철이 숨어있는 밀실로 떠밀려 들어갔다. 선애는 그 남자가 도망갈까 봐 냉큼 의자에 힘으로 앉히며 나지막이 그에게 다시 물었다.

"커피로 준비해 드릴까요? 솔직히 제가 티백을 우리는 건 아직 자신이 없어서요. 그냥 제가 올 때까지 마음속 깊은 곳에 있는 응어리를 이곳에 다 털어놓으시면 돼요. 어떤 말을 하든 이 안에서는 아무런 죄도 성립하지 않아요, 호호호."

얼떨결에 떠밀려 온 남자, 승주는 밀실에 떡하니 놓여있는 곧 부서질 것 같은 나무 의자에 앉아 곰곰이 생각에 잠겼다. 악마가 하는 상담소. 자신의 위층 집에 사는 유명한 변호사가 하는 말을 듣고 반신반의하며 찾아온 곳이었다.

아니, 어쩌면 구원을 바랐을 수도. 곧, 악마처럼 변해버릴 것 같다는 생각으로 가득 차 이곳까지 단숨에 뛰어왔으니. 그래서 승주의 온몸은 땀으로 흥건했고, 그 비릿한 냄새가 밀실을 가득 메웠다. 승주의 얼굴에서 흐르는 땀은 바닥으로 뚝뚝 소리를 내며 떨어지고 있었다.

"이곳이 그러니까 악마 같은 사람이 운영하는 심리 상담소? 아까 커피 타온다는 분은 악마 같진 않았는데. 그럼, 누가 또?"

무심코 내뱉은 혼잣말이었다. 그 말에 반응이라도 하듯 창가에 달콤한 향기가 스멀스멀 풍기더니, 벨벳 커튼이 사정없이 펄럭였다. 그 펄럭이는 소리에 놀라서 승주는 앉았던 의자에서 튕겨 나와 바닥으로 주저앉고 말았다.

행복시 행복동에 위치한 상담소

"아악! 누구세요?"

승주는 번뜩이는 방어 기제로 의자에서 나뒹굴어 떨어지면서 자신의 등을 새우처럼 구부렸다. 어렸을 적 권투를 배울 때 유일하게 터득한 방어 기술이었다. 그의 모습을 측은하게 보고 있던 지철이 말을 걸었다.

"당신이 절 부르지 않았나요?"

"네? 제가요? 아니요 저는 그냥 누가 악마라고만…"

"맞아요. 제가 그 악마입니다. 아니지. 제가 악마처럼 당신에게 무지막지한 독설을 뱉는 원장 정지철입니다."

"아…"

승주는 지철을 올려보았다. 추위에 질려버린 것 같은 하얀 입술. 아무런 감정도 느껴지지 않는 찢어진 두 눈, 온몸을 검은색으로 칭칭 감은 듯한 베드가운. 승주가 '악마' 하면 떠오르는 이미지 그 자체였다. 그나마 다행인 건 그가 악마가 아니라 사람이라는 사실이었다. 긴장이 풀린 걸까? 승주의 다리는 순간 휘청거렸다. 다행히 정신까지 놓지 않았는지 이내 앉아있던 의자까지 간신히 기어갔다.

"아… 그러셨군요."

승주는 어색하게 웃었다. 휘청거리는 다리를 애써 숨기려고, 먼지를 터는 척 허리를 숙여 청바지를 털었다. 아무래도 요동치는 심장을 정상으로 돌려놓으려고 시간을 벌고 있는 것처럼 보였다. 또 한편으로는 자신을 꿰뚫어 보듯 쳐다보는 저 상담사에게 자신의 모든 걸 들키지 않겠다는 방어 기제가 무의식적으로 발동한 것처럼 보였다. 지철은 그런 승주를 흥미롭다는 쳐다보고 있었다.

"사… 사실 우리 동네에 이런 곳이 있는 줄은 상상을 못 했어요. 얼핏 들려오는 이야기를 얻어들은 것뿐이라서. 그러니까 이곳에서는 쓰레기통에 쓰레기를 버리듯이 이야기해도 된다고 들었는데…"

"누가 그런 말을? 아! 유명한 씨겠군요."

"맞아요. 아내 이름은 김수연. 여섯 살짜리 아들이 하나 있고요. 최근 부인께서 임신하셨고요. 저는 그분에 대해서 모르는 게 없죠."

"아니, 어떻게 그렇게 자세히 아시나요? 아주 친한 사이이신가 보네요."

지철의 그 말에 승주는 갑자기 미친 사람처럼 박장대소를 하며 웃기 시작했다. 그러더니 '그럴 수 있어요. 아, 그렇게 생각할 수 있겠군요'를 반복해서 말했다.

몇 분이나 흘렀을까? 지철이 이곳은 정신병자는 안 받는다며 그를 내보내려고 그가 앉은 의자에서 승주를 밀쳤는데,

이미 상담은 시작되었다는 듯이 승주의 머리 위에 그가 지옥에 가는 이유가 반짝이기 시작했다. 그걸 읽으니, 승주가 지철이 '친하신가 봐요'라고 했을 때 미친 사람처럼 웃는 이유와 이곳에 찾아올 수밖에 없었던 사정을 알 수 있었다. 다행히 승주는 아직도 웃느라, 허공에 떠있는 내용을 주머니에 넣어놓은 구겨진 종이에 받아 적느라 바쁜 지철을 알아차리지 못했다.

인생은 삼세판! 상담 기록지 1/3			
이름	김승주	나이	29세
		직업	지금은 백수지만 바리스타 자격증 소지
* 사망 시 정해진 행선지 : 지옥			
이유	층간 소음의 고통으로 시달리다가, 결국 자신 안에 내재하여 있는 분노를 조절하지 못하고, 식칼을 들고 찾아가 식물인간처럼 살고 있는 윗집 남자를 살해함.		
* 천국에 가기 위한 방법 : 현재까진 없음.			
주치의 악마 정지철			

승주가 앞으로 죽일 사람이 자신과 세 번의 상담을 한 유명한 변호사라는 사실에 지철은 자신도 모르게 입이 샐쭉 올

라갔다.

'인간사 역시 아주 다채롭구나!'

승주는 마침 다 웃었는지 자신이 이곳에 방문한 이유를 지철이 이미 알고 있다는 사실을 모른 채, 자신의 사연을 말하기 시작했다.

"하하하… 아, 그러실 수 있어요. 하지만 그렇게 친한 사이라고 말하지도 못해요. 사실 저는 윗집에 대해서 모르는 게 없지만 정작 그들의 얼굴은 모르거든요. 그들과의 친분은 그들이 제 윗집으로 이사 온 작년 5월 15일부터 시작되었어요. 이사 온 날부터 위층 아이는 미친 듯이 뛰기 시작했어요. 밤낮을 가리지 않았죠. 그래도 참았어요. 이사 온 첫날이라 그랬거나 괜찮아질 거로 생각했죠."

"괜찮지 않았을 텐데… 쯧쯧."

"맞아요. 점점 그 강도가 심해지더라고요. 그래서 그 집을 찾아가 보고 경비실에 전화해 달라고 해보고 별의별 짓을 다 했어요. 그런데 저에게 돌아오는 말은 층간 소음 매트를 깔고 있다거나, 깔았다거나 하는 말들뿐이었어요. 아이를 훈육한다는 말은 일절 없었죠. 며칠간 지속되는 소음에 점점 제가 미쳐갈 때쯤 집 앞에 수박을 윗집에서 놓고 간 거예요. 저는 생각했죠. 아, 이제 안 뛴다는 거구나 하고 말이에요."

"참 순진하시네요. 그건 앞으로 내 새끼는 열심히 뛸 테니 이거 먹고 조용히 하라는 뇌물이었을 텐데…"

"맞아요. 저는 정말 몰랐어요. 진짜 그런 뜻인 줄… 그렇게 수박을 먹은 죄로 인해 일곱 달 동안 아무 말도 못 하고 살았죠. 항의하려고 인터폰을 들었다가도 먹은 수박씨들이 떠올라 다시 알알이 목구멍으로 막히는 기분이 들었어요."

"하하하. 뇌물이 잘 통했네요. 수박씨가 알알이 목구멍에 박히는 기분이라. 나쁘지 않네요. 아주 신선한 표현이에요."

지철은 고통받는 인간의 생동감 넘치는 표현을 들으면서 마치 자신이 지옥에 있었을 때 느꼈던 인간의 감정을 보는 듯한 느낌에 오랜만에 흥분되는 듯 보였다.

그리고 앞으로 승주의 고통이 더 심해질 것을 생각하면 앞으로 남은 두 번의 상담 동안 자신이 느낄 짜릿한 감정이 기대되는 것처럼 온몸을 부르르르 떨기까지 했다. 그런 지철의 몸동작이 부담스러웠지만 승주는 하던 이야기를 계속했다.

"그러다가 어영부영 새해가 되었어요. 윗집 아이의 행동 패턴도 파악하게 되었죠. 아홉 시에 일어나 30분간 어디 갈 준비를 하면서 미친 듯이 뛰기 시작해요. 그리고 다시 오후 세 시에 돌아와 한 시간 정도 온 방을 순회하면서 돌아다니죠. 저녁 여섯 시 반이 되면 저녁밥을 먹고, 아홉 시가 되면 아빠와 같이 욕조에 들어가 씻는지 노랫소리가 들려오죠. 그 아이는 잠들기 전까지 그렇게 계속 뛰어다녀요. 마치 뛰는 게 그 아이의 발걸음 그 자체가 된 것 같은 느낌이에요."

"저라면 윗집을 불바다로 만들어 버렸을 거예요."

"더 화가 났던 건 새해가 되었다면서 이번엔 위층에서 소고기를 사서 문 앞에 걸어놓은 거예요. 메모까지 적혀있더라고요. '뛰지 않게 하려고 노력하는데 아이가 아직 어려서 잘 안 되네요. 이번 해도 잘 부탁해요'라고 말이에요."

"이번 해에도 열심히 뛰어볼 테니, 조용히 입을 닫아달라는?"

"맞아요. 그래서 이번에는 당장 그 윗집에 달려가서 문 앞에다가 그 소고기를 던져주고 왔어요. 누굴 거지로 아나! 이번에는 더 이상 참지 않겠다는 경고와도 같은 표시였죠."

"그랬더니 그들이 바뀌었나요?"

"그랬다면 제가 당신을 찾아오지 않았겠죠. 그렇게 저는 점점 미쳐갔어요. 이미 위층에서 나는 소리에 귀가 트여버렸거든요. 어떨 때는 그들이 뛰고 있는지 TV를 끄고 듣고 있지 않나. 이상한 소리가 들리면 위층에서 들리는 소리인지 달려가 녹음도 하기도 하고 어떤 때는 그냥 스쳐 지나가는 층간소음이라는 단어만 봐도 공황장애가 온 듯이 미친 듯이 심장이 쿵쾅쿵쾅 뛰기 시작했죠."

"꼴이 아주 우습게 되었군요!"

"맞아요. 어떤 사람은 애들은 뛰면서 크는 거라며, 제가 유별나다고 생각할 수 있어요. 하지만 직접 당해보라고 하세요. 저도 원래는 이렇게 예민한 사람이 아니었단 말이에요. 오히려 너무 소심해서 직장에서 재채기만 해도 얼굴이 달아오르는 그런 사람 있잖아요. 제가 딱 그런 사람이었다고요. 하지만 계속되는 소음들이 제 안의 전혀 다른 자아를 깨우기 시작했어요. 시간이 흐르면서, 저는 마치 제가 1701호 감옥에 갇힌 수감자가 된 느낌이었어요. 이대로 있다간 분명 무죄로 들어갔다가 죄를 짓고 나갈 판이었죠."

"승주 씨, 솔직히 말하면 무죄는 아니죠. 모은 돈이 없어서 당장 이사를 못 가는 것도 당신 귀에겐 죄니까."

"으윽… 정말 잔인하시네요. 원장님의 그 말이 방금 제 심장에 비수처럼 날아와 꽂혔습니다."

"다행이네요. 심장에 꽂혔지만 피는 보이지 않아서."

지철은 승주에게 다가가 그의 심장에 피가 나는지 쓸어내려 확인해 보는 흉내를 내었다. 순간 지철의 차가운 손이 승주의 가슴에 닿았다. 승주가 뭐 하시는 거냐며 지철을 올려다보는데, 지철은 장난이라며 자신의 웃음코드가 만족스러운 듯 씨익 웃어 보였다.

어색한 공기가 순간 사무실에 퍼졌다. 다행히 그들이 대화를 나누는 사이 선애가 뜨거운 믹스 커피 두 잔을 타서 두 사람 사이에 섰다. 먼저 승주에게 커피를 건넸다. 의자에 앉은 승주가 커피를 받아 마시자마자 퉤엣 하며 바닥에 커피를 뱉었다. 그리고 자신의 병명인 분노 조절 장애를 증명이라도 하듯, 벌떡 일어나서 불같이 화를 내기 시작했다.

"아니 커피믹스를 이렇게 한강처럼 물을 타시면 어떡해요! 커피에 대한 예의가 아니죠!"

지철은 불같이 화를 내는 승주의 모습을 보고 그의 병명이 증명되었다는 듯이 흐뭇하게 쳐다보기만 있었다. 당황한 선애는 승주가 불같이 화를 내는 모습에 반대편 들고 있던 커피를 바닥에 쏟고 말았다.

"아악!"

뜨거운 커피가 손에 닿았는지 선애가 날카로운 비명을 질렀다. 선애의 비명에 정신이 돌아온 승주는 자기 모습에 놀란 듯 허리 굽혀 빠르게 사과했다.

"죄송합니다. 괜찮으세요?"

"아 네, 괜찮아요. 커피가 입에 맞지 않으셨나 봐요. 사실 제가 손님을 맞이한 게 이번이 처음이라서."

선애가 울먹였다. 그런 모습에 당황한 승주는 의자에서 일어나 빨갛게 부풀어 오른 선애의 손등을 보며 말했다.

"아니에요. 제가 더 죄송해요. 제가 커피만 보면 눈이 돌아서, 그래서 바리스타가 되었는지도 모르지만. 일단 선애 씨, 탕비실이 어디예요? 어쨌든 빨리 흐르는 물에 손을 식혀야 할 것 같은데."

승주는 물집이 생기지 않도록 빨리 선애의 손을 식혀야 한다며 주변을 두리번거렸다. 하지만 선애는 별거 아니라는 듯, 손사래를 쳤다.

"괜찮아요, 승주 씨. 이 정도 상처쯤이야. 금방 괜찮아질 거예요. 아, 그건 그렇고 제가 다시 커피를 타 올게요. 조금만 기다려 주세요."

괜찮다며 다시 커피를 타기 위해 나가려는 선애의 팔을 승주가 붙잡고, 자신들을 아까부터 한심하게 쳐다보고 있던 지철을 보며 말했다.

"원장님! 혹시 괜찮으시다면 제가 커피를 다시 타 와도 될까요? 황금 비율로 타올게요."

"그러든가요. 어차피 커피 맛은 거기서 거기니까."

커피 맛이 거기서 거기라는 지철의 말에 순간 승주의 눈빛이 빛났다.

"그럼 원장님, 저도 승주 씨와 같이 갔다 올게요. 저도 이 참에 배워야겠어요. 이곳에서 잘리지 않으려면."

선애는 지철이 대답도 하기 전에 승주와 함께 커피를 타기 위해 사라졌다. 그들이 나가자 사무실 안은 찬물을 끼얹은 것같이 조용해졌다. 얼마 만에 갖게 된 평화인지. 소란스러웠던 신경들이 자기 자리를 찾아가듯, 지철 또한 승주에 대한 생각에 잠겼다.

지철에게 쓰레기 같은 말만 쏟아대던 명한이 살해되는 것을 지켜보는 것도 나름 통쾌할 것 같았지만, 층간 소음이라는 문제만 잘 해결한다면 승주가 어쩌면 자신이 지옥에 갈 수 있는 황금 티켓이 될 수 있을 것 같았다.

'천기누설을 하지 않으면서… 어떻게 해결을 하지?'

고민하는 척했지만 이미 지철은 인간 세계를 잘 알고 있었다. 궁금한 점이 생기면 어디로 향하면 되는 건지. 그래서 지철은 자연스럽게 오른쪽 주머니에 있던 핸드폰을 꺼내 들었다. 검색 창에 '층간소음 해결책은?'이라는 질문을 입력했다. 검색되는 수많은 결괏값 중에서 승주에게 해당하는 내용을 눈으로 몇 가지 추려보았다. 그러곤 승주의 상황에 대입해서 세 가지의 해결책을 도출해 내었다.

악마가 선사하는 지옥 같은 해결책

승주가 살고 있는 아파트 커뮤니티 인터넷 카페에 거짓말을 잔뜩 섞은 사연을 올린다. 올리는 순간 위층은 공개 처형당해, 자발적으로 층간 소음이 줄어듦.

예시) 제목: 저는 매일 천사와 악마가 마음속에서 싸우고 있어요.

407동 1701호: 안녕하세요? 저는 10년째 등단을 꿈꾸고 있는 예비 작가입니다. 그래서 매일 낮과 밤이 바뀐 생활을 하고 있습니다. 밤이면 글을 쓰고 낮에는 무조건 잠을 자야 하는데 18층에서 나는 소음으로 잠에 들지 못한 지 벌써 반년이 지났고, 층간 소음 스트레스로 인해 글을 마무리 짓지 못해 낙방한 공모전은 이제 셀 수도 없습니다. 심지어 지금은 낮이든 밤이든 잠을 자려고만 해도 머릿속에 쿵쿵쿵 소리가 계속 울리는 것 같아 얼마 전부터 정신과 치료를 받고 있습니다. 물론 위층에 찾아가 봤지만 아이는 뛰면서 크는 거라며 적반하장이더라고요. 아이가 뛰면 얼마나 뛰냐며 좀 참으라고 하는데 저는 과연 언제까지 참아야 할까요? 참는 게 정말 답일까요?

두 번째

18층의 위층인 19층을 찾아가 더한 지옥을 경험하게 한다. 19층에 찾아가 승주가 지금 겪고 있는 상황을 이야기하고, 사람 좀 살려달라고 부탁하면서 해결되면 사례금을 드린다고 약속한다. 물론 18층에서 항의할 수 없도록 18층이 뛰는 같은 시간대에 망치 발처럼 쿵쿵 뛰어달라고 부탁한다.

세 번째

19층을 매매 or 전세로 계약해서 지옥을 선사한다.
* 오류: 지금 승주의 자금 사정으로 이 방법은 불가.

아무래도 모든 사람을 고통스럽게 만들 수 있는 2번이 지철은 마음에 들었다. 뿌듯한 마음으로 자신이 할 일을 마쳤다는 듯, 벨벳 커튼으로 들어갔다. 따뜻한 벨벳 커튼의 감촉이 피부에 닿자, 그리운 지옥이 떠올랐다. 어쩌면 다시 그곳에 돌아갈 수 있다는 부푼 희망이 지철의 마음을 톡 하고 흔들었다. 마치 사슴을 기다리는 사자처럼 커튼에서 지철은 그가 지옥에 가기 위해 필요한 희생양을 기다리고 있었는데, 때마침 사무실 문이 활짝 열렸다. 하지만 돌아오는 그들의 얼굴이 심상치 않아 보였다. 웃으면서 들어오는 그들을 보자 지철은 왠지 모를 불길한 예감이 스쳤다. 황급히 승주에게 다가가 준비한 대사를 그의 귀에 속삭였다.

"승주 씨! 제가 기가 막힌 해결 방법을 생각해 봤는데요. 그러니까 18층 바로 위층인 19층을 찾아가서…"

승주에게 딱 붙어서 속삭이는 지철을 선애가 떼어내며 말했다.

"그건 걱정 안 해도 될 것 같아요, 원장님."

"아니! 그게 무슨…"

점점 더 창백해지는 지철의 얼굴을 보며 승주가 해맑게 대답했다.

"아! 선애 신께서 좋은 제안을 해주셔서 그렇게 하기로 했어요."

"네? 선애 씨가요? 무슨…?"

지철은 뒤돌아서 선애에게 설명하라는 듯 쏘아봤고, 선애는 그런 지철에게 살며시 다가와 속삭였다.

"그러니까 제가 생각이라는 걸 해봤어요, 원장님. 어차피 승주 씨가 참기 힘든 시간은 오전 아홉 시부터 밤 열 시 반까지잖아요. 그리고 우리는 밤 아홉 시부터 영업하고 말이에요. 그래서 제가 오전 시간은 승주 씨에게 우리 사무실을 빌려준다고 제안했어요. 어때요? 괜찮죠?"

"뭐라고요?"

불같이 화를 내는 지철을 이미 예상이라도 한 듯, 선애는 지철의 어깨를 끌어내리며 아이를 달래듯이 말했다.

"워워. 원장님 물론 공짜는 아니에요. 승주 씨가 한 달에 15만 원씩 사무실 사용료를 내기로 하셨어요. 그럼 난방도 빵빵하게 틀 수 있어요. 어때요? 괜찮죠? 저도 승주 씨에게 커피 타는 법을 배우고 말이에요. 원장님도 이 커피 마셔봐요. 맛이 끝내줘요."

같이 있었던 시간이 한 달밖에 지나지 않았지만, 선애는 이미 지철이 추위를 잘 탄다는 걸 파악한 듯 보였다. 어느 정도 지철을 다루는 법 또한 알고 있다는 듯이, 승주가 탄 커피는 안 마시겠다며 굳게 다물고 있는 지철의 입 근처에 억지로 커피를 대었다.

"원장님, 일단 한번 마셔보라니깐요!"

선애의 독촉에 마지못해 커피를 한 모금을 마신 지철은 놀란 듯 다시 한번 선애의 손에 들려진 커피를 바라보았다.

"이건 무슨 맛이지? 이게 바로 천국의 맛인가? 지옥에는 이런 커피가 없었는데… 악마는 단맛을 느낄 수가 없는데… 커피의 목 넘김이 부드럽잖아?"

지철이 순식간에 선애가 들고 있던 커피 잔을 가로채서는 커피를 벌컥벌컥 소리를 내며 마셔버렸다.

"원장님! 뜨거워요. 천천히."

"이게 커피라고요?"

지철은 놀란 듯, 들고 있던 커피 잔을 다시 쳐다보았다.

"거봐요, 맛있죠? 커피도 맛있고, 원장님도 커튼 뒤에 숨어 있지 않아도 되고. 이 정도면 아주 일석이조 아닌가요?"

해맑게 웃으며 마치 자신이 해결사가 된 것처럼 어깨를 으쓱하는 선애와 눈이 마주친 지철은 그제야 정신이 들었다는 듯 고개를 절레절레 흔들어 보였지만, 늦었다는 걸 깨달았다. 사실 지철에겐 나쁜 조건이 아니었다.

심지어 선애가 지철에게 더 이상 커튼 뒤에 숨어있지 않아도 된다고 했을 때는 그의 가슴에서 미세한 떨림까지 느끼기도 했다. 또 다른 이유도 있었다.

승주 안에는 톡 하고 건드리면 폭발할 수 있는 분노 조절 장애라는 폭탄이 있다는 점이었다. 만약 위층의 문제가 여차여차해서 잘 해결된다 치더라도, 그에게 내재하여 있는 성냥 같은 심장은 충분히 어디서든 다른 문제와 부딪힌다면 맹렬히 활활 불타오를 것이 불 보듯이 뻔했다.

그런 승주가 만약 자신에게 마지막 남은 희망이라면, 승주를 이곳에 묶어두는 건 최소한의 안전장치가 될 수 있을 것 같았다. 지철은 몇 분 고민하는 척한 뒤 마지못해 선애에게 마음대로 하라고 말해버렸다.

"그럼 그러시든가요."

선애는 알겠다고 말하며 쌩하니 사무실에서 빠져나갔다. 사무실 안에는 정적 그리고 승주가 타 온 향긋한 커피 향만 남아있었다.

지철이 처음에 인간 세계에 떨어졌을 때는 먼지만이 가득한 사막과도 같았던 이 사무실에 수다스러운 여자 한 명, 분노 조절 장애를 가진 사람 한 명, 이곳을 편의점처럼 생각하며 가끔 들리는 눈엣가시 같은 검은 사신 K까지 더해져 이제는 어느새 다소 북적거렸던 지옥과 닮아있었다.

승주가 내기로 한 사용료로 인해 곧 따뜻해질 온도까지 상상해 본다면 인간의 고통스러운 이야기를 즐겁게 들으면서 일하는 이 상담소 생활이 생각보다 나쁘지 않겠다는 생각까지 들었다.

　"나쁘지 않겠어. 후훗."

　아주 잠깐 기분이 좋아지려는 찰나, 선애가 나갔던 문을 다시 두드리며 들어와 다급하게 지철을 불렀다. 지철은 방금 했던 생각을 후회하며 다시 눈을 질끈 감았다. 아직 말이 끝난 게 아니었나? 지철이 대답이 없자, 선애가 다시 물었다.

　"원장님!"

　"네. 아직 하실 말씀이라도?"

　지철이 마지못해 대답했다.

　"아니? 원장님! 가만히 생각해 보니까. 저 너무 일 잘하지 않아요? 어떻게 그런 생각을 했는지 저도 이번에 저 자신에게 놀랐다니까요. 심지어 승주 씨가 우리 상담소 홍보도 해준대요. 우리 상담실이 잘돼야 자기도 오래 작업실을 쓸 수 있다고 말이에요. 장난 아니죠?"

　선애는 지철의 칭찬을 기다리는 강아지처럼 보였다. 하지만 지철은 선애의 말에 정색하며, 입술을 꽉 깨물었다.

　"홍보요? 그럴 필요는 없습니다. 승주 씨에게 다시 전화해서 홍보는 취소해 주세요!"

"그게 무슨?"

"어차피 평범한 사람들은 우리 상담소를 찾지 못합니다."

"에이~ 무슨 착한 사람들에게만 보이는 옷 이야기 하시는 거예요? 안 속아요. 오늘이 만우절인가요?"

천연덕스럽게 선애는 지철 보란 듯이 벽에 걸려있는 달력을 쳐다보았다. 4월 1일은 지난 지 오래라는 듯 달력을 붙잡고 펄럭여 보였다.

"에이~ 원장님, 만우절은 지난 지 오래거든요?"

선애는 '원장님은 농담도 참'이라 말하며 웃고 있었다. 불행히도 선애는 달력을 쳐다보느라 지철의 일그러진 얼굴을 보지 못했다.

"선애 씨! 악마는 농담을 하지 않아요. 당장 승주 씨에게 연락하세요. 안 그러면…"

지철의 눈이 붉게 물들기 시작했다. 이를 알 리 없는 선애는 달력을 넘기면서 대답했다.

"그렇긴 하지만 원장님, 홍보하는 거 나쁜 거 아니에요. 언제까지 이렇게 손님만을 기다리면서 앉아만 있어야 하겠어요? 우리가 직접 찾아가야죠!"

철없이 구는 선애를 지철은 더 이상 참아줄 수 없을 것만 같았다. 지철의 얼굴이 귀까지 타오르고 있었다. 사태의 심각성을 어느 정도 느꼈는지 선애가 뒤를 돌자, 지철이 소리 질렀다.

"그마아아안! 저는 귀찮은 일은 딱 질색이에요. 만약 성가신 일이 더 생긴다면 제 손으로 당신을 지옥으로 보내야겠죠."

지철은 붉게 달아오른 눈빛을 한 채, 선애에게 망설임 없이 다가갔다. 뒤를 돌아 지철과 눈이 마주친 선애가 당황해 뒷걸음을 치자 지철은 자기 오른손을 선애의 눈앞에 펼쳤다.

선애는 손바닥에 블랙홀 같은 구멍을 언뜻 본 것 같았다. 사인펜으로 그린 건가? 선애가 그 손을 자세히 보려고 덜컥 잡았는데, 순간 바람이 일었고, 귀가 찢어질 듯 울리는 사람들의 비명이 들렸다.

"살려줘요! 살려줘! 제가 잘못했어요!"

갑자기 들리는 비명에 선애가 놀라서 넘어졌다. 지철은 평소보다 더 얼음장 같은 말투로 선애에게 다가갔다. 이제 자신의 정체를 밝힐 때가 되었다는 듯이.

"그래요. 미리 아시는 것도 나쁘진 않을 것 같네요. 선애 씨. 딱 한 번만 말씀드리죠. 저는 지옥의 문을 수호하던 악마였어요. 이곳에 떨어지기 전까지는. 다른 악마들은 저를 악마들의 우상 베스탄이라고 불렀죠. 악마가 인간 세계에 온 이유는…"

지철은 넘어져 있던 선애의 팔을 거칠게 끌어올렸다. 그리고 선애의 귀에 다가가 속삭였다.

"당신 같은 인간들이 지옥에 넘쳐나서, 매일 야근을 해야 했거든요!"

"아악… 아파요, 원장님."

"그래서 지옥의 신과 내기했죠. 과거의 내가 어리석게도. 인간 세계에서 지옥으로 갈 인간을 천국으로 구제할 수 있다면 한 달간 장기 휴가를 받기로 약속했는데, 아직까지 한 명도 못 보냈고!"

지철은 잡았던 선애의 팔을 바닥에 뿌리치며 말했다.

"그러니까! 당신보다 마음이 더 급한 건 나니까. 쓸데없는 짓 하지 마세요!"

지철이 팔을 놓자, 선애는 아픈 팔을 문지르며 빠르게 사무실 방을 뛰쳐나갔다. 사실, 선애는 여러 번 지철이 이상하다고 생각했다. 그렇다고 미쳤다고까지 생각한 적은 없었는데. 그런데 지금 보이는 지철의 모습은 미친 사람만이 할 수 있는 대사였다.

그리고 갑자기 자기가 악마라니, 그런데 저 손에 보이던 회오리는 뭐였지? 살려달라는 환청은 또 뭐고… 당장 때려

치우고 도망가야 한다는 생각에 문을 열고 나가려는데, 상담소와 같은 꿀알바를 다시 찾을 수 있을까 싶어 망설여졌다. 그러다 문득 선애에게 취업을 알선하던 검은 그림자가 했던 말이 떠올랐다.

그때 그 사람이 분명 '베스탄'이라고 했었는데. 이상야릇한 웃음도 함께 떠올랐다. 왠지 모를 찝찝함이 선애를 덮쳤다.

'에이 설마 진짜는 아니겠지?'

지철이 정말 악마라면 선애는 악마의 얼굴을 본 유일한 사람이었다. 악마가 자신을 살려둘 이유가 없었다. 온몸에 소름이 돋아 한 발자국도 못 움직이는데 갑자기 뒤에서 인기척이 느껴졌다. 지철의 발걸음 소리였다. 너무 무서워서 뒤돌아보지 못했다. 또각거리는 지철의 구두 소리가 점점 크게 들려왔다. 거친 숨소리가 귓가에 닿았다.

"하지만 말이에요, 선애 씨. 지옥에 갈 사람만 천국을 못 보냈지 지옥에 갈 사람은 언제든지 지옥에 보내드릴 수 있는데. 지금 보내드릴까요? 사실 지옥에 가는 건 정말 쉬워요. 제가 이 손가락 하나만 튕기면 되거든요."

지철이 위압감을 조성하듯이 오른손을 쥐었다 폈다 반복했다. 선애의 심장이 멈추는 것 같았다. 이에 아랑곳하지 않고 지철은 말을 이어갔다.

"하지만 진짜 무서운 건 지옥에 간 이후의 일이에요. 하하하. 어떻게 지금 보내드릴까요?"

순간, 사무실에 민트 향이 가득 풍겨왔다. 악마가 기분이 좋을 때만 난다는 그 민트 향. 공포에 질린 선애가 뒤돌아서 당장 그만두겠다고 악을 쓰자 지철이 웃으며 대답했다.

"당신은 이미 악마와 계약했어요. 당신은 나와의 계약이 끝날 때까지는 영원히 이곳으로 출근하게 되었다는 이야기죠. 당신이 원하든 원하지 않든."

"제가 언제요?"

"당신이 날 찾아온 다음 날 웃으면서 사인했던 종이 기억 안 나세요?"

"저는 악마와의 계약이라고 듣지 못했어요!"

선애는 점점 지철이 악마라는 사실을 인정하기 시작한 것 같았다.

"분명 계약서에 써있었어요. 아주 작게. 당신이 보지 못했을 뿐!"

"그래서! 당신이 저에게 도대체 원하는 게 뭐예요?"

눈을 질끈 감은 선애는 용기를 쥐어짜서 목소리를 내었다.

"앞으로 계약이 끝날 때까지 조용히 지낼 것, 먼저 나대지 말 것 그리고 콧노래를 부르지 말 것!"

"그것만 지키면 되나요? 계약은 도대체 언제까지인데요?"

"그래요. 계약의 끝은 아마도 제가 인간 한 명을 천국으로 보낼 때까지 아닐까요? 그렇다는 건, 이곳이 선애 씨의 평생 직장이 되겠네요. 퇴사는 영원히 꿈도 못 꾸는…"

지철이 경악하는 선애 앞에서 처음으로 크게 웃기 시작했다. 선애는 말도 안 된다며 뛰쳐나갔고, 지철은 소용없다는 듯이 도망가는 선애를 보고 말했다.

"도망가도 소용없어요. 당신은 내일 다시 당신의 발로 직접 이곳에 찾아오게 될 테니까."

선애가 점이 되어 사라질 때까지 지철은 창문을 한참을 바라보고 있었다. 그런데 갑자기 불쾌한 문자 소리가 났다. 사신 K에게 온 문자였다. 아무 내용도 없이 링크가 첨부되었는데, 그 링크를 클릭하니 상담소를 방문했던 손님 중 한 명이 악마가 하는 상담소에 대한 후기를 올린 모양이었다.

👍 이런 점이 좋았어요   평점 (5/5) ★★★★★

그곳에 가서 막상 해결된 것은 없지만, 남들에게 말하지 못했던 나의 악한 본성을 낱낱이 털어놓고 나니 어떠한 죄책감도 가책도 들지 않았다. 심지어 상담사는 어떠한 위로도 공감도 하지 않은 채 차가운 눈빛으로 웃으며 나를 들여다보고 있었는데, 그가 악마는 아니었지만 눈을 마주치는 그 순간 오히려 나의 악함을 악마에게 고백하여 인정받는 것 같은 느낌까지 들었다. 만약 자신의 악함을 악마에게 인정받고 싶은 욕망이 있다면, 행복동에 있는 그 악마의 상담소를 찾아가서 확인받아 보시길 바랍니다.

누가 봐도 승주가 남긴 글이었다. 아이디도 바리스타 승주였다. 선애의 말처럼 승주는 아무래도 곧 상담소가 망할 것 같다는 불안함에 집에 가자마자 홍보성 글을 올린 듯 보였다. 하지만 죄가 있는 사람만 보이는 악마의 상담소는 아무리 홍보한다고 하여도 막상 찾아오면 보이지 않을 것이 분명했다. 골치 아파지는 걸 싫어하는 지철이 뭐라고 댓글을 쓰려다가 말았다.

사실 지철은 ID도 없었다. 그나마 다행인 건 지철이 악마라고 의심된다는 내용이 없었다는 것이었다. 뭐 어떻게든 되겠지, 라며 지철은 머리를 긁적였다. 한숨을 쉬며 창을 닫으려는데 댓글 1개라는 표시가 지철의 눈에 띄었다. 이건 또 뭐지? 댓글을 클릭하자 K라는 아이디가 눈에 띄었다.

> 이 상담소는 착한 마음을 가진 사람에겐 보이지 않습니다.
> 그러니 찾아갔는데 보이지 않는다고 실망하지 마세요! -K-

망할. 오지랖도 병이라고 쓰지 않아도 될 말을 굳이 댓글로 남기다니. 지철은 그 댓글을 읽으며 인간의 남은 목숨을 빼앗으면서 착한 척하는 사신의 모순된 행동에 구역질이 올라왔다. 지철의 속마음을 읽은 것처럼, 사신 K가 이어서 문자가 보냈다.

> 베스탄, 네가 싼 똥 오늘도 내가 치웠다. 어떻게 너는 한눈을 조금도 팔 수가 없으니. 사고뭉치 악마를 감시하는 사신의 괴로움이란. 네가 알까? 악마의 신님도 이 일을 알게 되신다면, 나에게 감사하실걸? -사신 K-

감사? 사신 K가 문자로 지철을 비꼬고 있었다. 하지만 지철은 아무렇지 않았다. 아니 오히려 선애에게 자신이 악마라고 밝힌 행동이 더 큰 똥이 될 거란 사실에 웃음이 움찔거리며 입 밖으로 빠져나왔다.

'감사 같은 소리 하고 있네. 아직 더 큰 똥은 너에게 가지도 않았는데?'라고 문자를 보내려다가 말았다. 사신 K가 악마의 신에게 아무것도 모른 채 끌려가 혼나는 게 더 재밌을 것 같았기 때문에. 오늘은 정말 일거양득을 한 것 같은 기분에 신이 나서 다시 사무실로 돌아가려다 응접실 테이블 위 종이컵을 툭 하고 치고 말았다. 바닥으로 떨어진 종이컵이 데구루루 지철을 향해 굴러왔다. 종이컵을 집어 쓰레기통에 넣으려는데, 종이컵에 볼펜으로 쓰여있는 빨간 글씨가 보였다.

까칠해 보이지만 친절한 악마.

선애의 글씨였다. 승주가 오기 전 선애가 아침에 타준 커피를 지철이 다 마시고 선애에게 처음보다 많이 나아졌다며 건네준 커피 잔이었다. 까칠해 보이지만 친절한 악마라. 포스트 잇을 들고 있던 지철의 오른손 끝이 파르르 떨리기 시작했다.

"악마에겐 최악의 평가군."

종이컵을 구겨서 휴지통에 던져버렸다. 행동과 다르게 지철의 입가에 희미한 미소가 번졌다.

당신의 정체는 당분간 대외비

선애는 어제의 일을 곰곰이 생각했다. 영화에서 볼법한 일을 직접 겪다보니 새삼 아무 말도 못 하고 도망쳐 나온 자신이 한심스럽게 느껴졌다. 심지어 옷도 갈아입지 않고 있었는데, 출근 시간이 되자 지철의 말처럼 자신의 의지와 상관없이 팔다리가 어느새 악마의 상담소를 향해 걷고 있었다.

마치 저주에 걸린 꼭두각시 같았다. 선애는 눈을 질끈 감았다. 아마도 이제 악마의 상담소에 출근하는 일을 피할 수 없게 되어버렸다는 걸 깨달은 것 같아 보였다. 만약 피할 수 없다면… 순간 선애의 뇌리에 한 남자의 잔상이 스쳤다. 그때 선애가 자주 곱씹었던 생각이 떠올랐다. 그래! 그런 남자도 참아낸 난데. 갑자기 선애의 눈빛이 반짝하고 빛났다.

'그래! 어차피 가야 한다면, 뇌를 두고 출근하자. 날뛰는 심장 위에 돌을 올리자.'

그렇게 몇 달을 뇌 없이 움직이는 팔다리에만 의지한 채 출근을 하다 보니 악마의 상담소 일도 어느새 익숙해져 갔다. 지철이 악마라는 사실에 일렁이던 감정도 어느새 자주 쓰는 연필심이 닳아 없어지듯이 사라졌다. 오히려 점점 인간 세계에 떨어진 불쌍한 악마인 지철에게 측은한 감정이 생겨났다. 지철의 하루가 너무 단조로웠기에, 그는 그저 하루 종일 커튼 안에만 숨어있을 뿐이었다.

어떤 때는 커튼 안에서 흐느끼는 울음소리 같은 것이 들리기까지 했다. 아마도 뼈까지 에는 겨울이 다시 다가온다는 사실이 지철에겐 큰 고통을 주는 것 같았다.

그런 모습 때문이었는지, 선애는 결국 지철을 가능한 한 빨리 지옥으로 돌아가게 도와주기로 마음먹었다. 그래야 자신 또한 이 끝나지 않는 출근 지옥에 마침표를 찍을 수 있을 수 있었기 때문에. 하지만 승주가 다녀간 이후에 상담소를 찾아오는 손님이 없어도 너무 없었다.

거의 매주 먼지 없이 반짝이는 책상 위에서 턱을 괴고 졸다가 집에 가는 일이 허다했다. 하지만 선애는 가만히 앉아서 월급이나 받아먹는 그런 성격은 아니었다. 그래서 오늘도 선애는 매달 보내야 하는 보고서를 열어, 칸에 채울 내용을 생각하고 있었다.

없다. 없어도 너무 없다. 다시 보고서를 닫고 이번에는 지출 내역서라고 적혀있는 엑셀 파일을 열었다. 아무거나 생각해 내려고 안간힘을 쓰지만 엑셀 칸 역시 빈칸만 깜박이고 있었다. 대충 이번 달도 따로 보고할 사항이 없겠다며 지출 내역서를 닫으려다가, 갑자기 선애의 눈빛이 번쩍하고 빛났다. 그녀의 시선 끝에는 매달 쓰지 못해 날리고 있는 대외비 칸이 있었다.

굳은 결심이라도 한 듯, 비장한 표정으로 용기 내서 지철의 사무실 문을 열었다. 문을 열고 들어간 지철의 사무실 온도는 예전과 사뭇 달랐다.

승주가 지불한 비용으로 마음껏 쓰게 된 난방비 때문에 한층 따뜻해진 공기가 선애의 코끝에 스쳤고, 향긋한 아카시아 향도 실내를 가득 채우고 있었다. 아마도 민트 향이 따뜻한 온도를 만나 더 진한 향이 나는 것 같았다.

하지만 향만 날 뿐, 여전히 지철의 모습은 어디에도 보이지 않았다. 덩그러니 놓인 의자만이 보일 뿐, 숨구멍만큼 펄럭거리는 코발트색 벨벳 커튼만이 여전히 그가 그곳에 있음을 알려줄 뿐이었다. 선애는 커튼을 향해 달려갔다.

"원장님!"

자신을 부르는 선애의 앙칼진 목소리가 이제는 익숙해진 지철은 이제 커튼에서 굳이 나오지 않고 차갑게 대답했다.

"네."

"원장님! 이제 승주 씨도 이곳에 적응이 되었고, 저도 상담소에 일한 지 시간이 좀 되었으니까, 우리 조촐히 회식 같은 자리를 가지면 어떨까 하는데 원장님께서는 어떠세요?"

"저는 괜찮습니다. 두 분만 다녀오세요."

"에이, 그래도 우리 사무실의 원장님이 가셔야 진정한 회식이죠. 그리고 또 그러니까… 그래야 K 님이 주신 블랙카드를… 쓸 수 있어서요."

"그건 제 비즈니스는 아닌 것 같은데요. 선애 씨?"

커튼 속에서 자신을 쏘아보는 차가운 시선이 느껴진 선애는 움찔했지만, 아직 하지 못한 말이 있었기 때문에 입술을 깨물며 하고 싶은 말을 이어 나갔다.

"사실 제가 승주 씨에게 오늘 원장님이 쏘실 거라고 가지 말고 기다리라고 이미 말을 해버려서…"

"아니 왜? 그런 말도 안 되는 짓을…"

"그러니까 제가 매달 영수증을 모아 K 님에게 청구하다

보니까, 눈에 띄는 추가 예산안 항목이 있는 거예요. 그래서 용기를 내서 K 님에게 물었어요. 그런데 그건 대외비라고 알려줄 수가 없고, 어차피 저희가 쓸 일도 없을 거라고 딱 잘라 말씀하시더라고요. 그래서 저는 오기가 생겼어요. 제가 원장님의 난방비도 해결해 드렸는데 그거 하나 못하겠냐고 K 님께 따지니까 덜컥 내기하자고 하시더라고요. 알려주는 대신 이번 달 안에 무조건 쓰라고, 만약 못 쓰면 이곳에서 제 자리를 빼시겠다고 하셨는데 그 약속한 날짜가 오늘까지여서…"

"그놈이 그렇게 자신한 걸 보면 아주 시끄럽고 성가신 일에 쓸 수 있는 비용이겠군요."

"맞아요… 그 항목은 팀워크 쌓기 비용이었어요. 예를 들면 회식 같은… 그런."

"팀워크라…"

팀워크 쌓기 비용이라는 말에 지철은 오래전 기억 하나가 떠오른 것처럼 머리를 두 손으로 잡고 흔들었다. 그 바람에 커튼이 거칠게 펄럭였다. 그러니까 자신이 행복동에 처음으로 상담소의 문을 열었을 때 있었던 자존심이 심하게 긁힌 기억이었다.

지철은 분명 상담소를 열 때만 해도 지옥의 신이 가능한 한 많은 예산을 지원해 주겠다고 한 약속을 기억하고 있었다. 그래서 이것저것 사서 개업식을 해서 사람들을 끌어 모으겠다고 예산안을 보냈는데 지옥의 신의 말과 다르게 사신 K는 지옥의 예산이 많지 않다며 정해진 항목 외에 쓸 수 없다고 지철에게 통보해 왔다.

심지어 사신 K가 보낸 청구 가능 항목엔, 굳이 악마인 자신이 쓰지 않을 항목만 딱 정해서 청구 가능이라고 정해놓고 이외에 필요한 사항은 전부 사비로 지출이라고 써있었다. 성질이 난 지철이 실무도 모르는 게 사비 같은 소리를 하고 있다며 사신 K에게 부리나케 전화를 해서 따진 적이 있었는데, 사신 K는 지철의 말을 다 듣기도 전에 잔인하게 거절했다. 그때 사신 K의 차가운 대사가 지철의 뇌리에 박혔다.

"팀워크 쌓기를 위해서 쓰는 비용이라면 모를까? 아무것도 정해진 비용 외에 추가될 수 없어. 하긴 이기적인 악마 새끼가 팀워크를 알겠어? 킬킬킬."

자신을 비웃는 듯한 그의 얼굴이 갑자기 떠올라 지금 지철의 몸을 뱀의 껍질처럼 감싸고 있던 커튼을 태울 뻔했다. 그런데 팀워크 쌓기 비용을 교묘하게 대외비로 고치고 지철 모르게 선애와 내기를 했다는 말에 사신 K에 대한 분노가 맹렬히 치솟았다. 아마도 지철이 사신 K에게 보고하지 않고 선애에게 자신의 정체를 밝힌 것 때문에 지옥의 신에게 깨졌던 것 같았다.

'어지간히 나를 골탕 먹이고 싶었나 보군.'

커튼 안에서 지철은 생각하는 듯 가만히 눈을 감았다. 밖은 아직 지철에게 너무 위험한 온도였다. 나가면 얼어 죽을 수도 있는 영상 10도. 하지만 이대로 선애를 모른 척한다면 사신 K의 실적만 채워주는 꼴이 되겠지 싶었다.

'그래. 아마 그 녀석은 내가 밖을 나가지 않는다고 생각해서 저 여자를 데려가 놓친 실적이나 채우려고 했겠지만, 네 놈의 계획은 틀렸어. 나는 나갈 거거든!'

이번에는 지옥의 예산을 탈탈 써버린 사신 K라. 나쁘지 않았다. 지철은 상상만으로 온몸에 달콤한 꿀들이 퍼지는 듯 달콤한 아카시아 향이 가득 채워지는 것 같은 기분이 들었다.

그런 흥분된 기분 때문이었는지 지철 자신도 모르게 커튼 밖으로 오른손을 내밀어 접었다 폈다를 반복했다. 그 모습에 선애는 깜짝 놀라서 서둘러 자신이 선을 넘었다면 죄송했다고 말하고 나가려는데, 지철이 갑자기 커튼에서 빠르게 나와 와인색 내복과 두꺼운 파란 패딩을 껴입으며 말했다.

"알겠어요. 갈게요. 그런 슬픈 표정 짓지 마요, 선애 씨! 가려면 우리 이 동네에서 제일 비싼 곳으로 서둘러 갑시다. 더 추워지기 전에…"

그 말에 놀란 선애는 '진짜요?'라는 몇 번을 반복하더니, 어느새 환한 웃음을 머금고 지철에게 달려와서 와락 안겼다.

"감사해요. 역시 츤데레 악마 씨! 제 말을 들어주실 줄 알았어요. 고마워요. 승주 씨에게 다시 어떻게 말해야 할지 난 감했거든요!"

당황한 지철은 자신을 껴안은 선애를 힘껏 밀어내며 말했다.

"떨어져요! 다시 이런 행동을 할 시에는…"

"지옥으로 보내시겠죠? 알아요! 하하하 회식이라니 얼마만에 길거리의 사람들을 보는 건지…"

싸늘한 지철의 경고도 귓가에 닿지 않는다는 듯 선애는 승주를 부르며 나갈 채비를 했다. 그런 선애를 보며 지철은 조용히 혼잣말을 했다.

'저렇게나 기쁜가? 회식을 하는 게?'

선애는 상담소에 잠시 외출 중이라는 푯말과 연락처를 적어두고 근처 고급 고깃집으로 빠르게 향했다. 선애와 승주는 다정하게 대화를 나누며 걸어갔고, 지철은 추운 바깥공기가 자기 몸에 들어오지 못하게 두 팔로 양팔을 수건 짜듯이 꼭 붙잡으며 선애와 승주를 따라 걸어갔다.

지철은 사신 K에게 복수를 하기 위해 굳은 결심을 하고 나선 외출이었지만, 몇 걸음 걷지 않았는데도 벌써 후회가 밀려왔다. 겨울이 곧 온다는 듯이 부는 찬 바람이 지철을 약하게 만드는 것 같았다. 고개까지 패딩 속으로 쏙 감추고 걸어가는데, 선애의 목소리가 저 멀리서 들렸다.

"싸움 났나 봐요. 저 두 사람 분위기가 심상치 않아요. 아니 한 사람이 일방적으로 당하고 있어 이러다가 사람 하나 잡겠어요. 원장님!"

선애는 몇 미터 앞에서 벌어지는 싸움을 말리기 위해서 시끄러운 소음이 들리는 곳으로 뛰어 들어갔다. 이미 그곳엔 싸움을 구경하기 위해 사람들이 많이 모여있었지만 그들 중 아무도 싸움을 말리는 사람은 없어 보였다.

그래서 지철의 눈에 선애의 모습이 꼭 불꽃으로 뛰어드는 불나방 같았다. 그 모습에 지철은 갑자기 머리가 지끈거리기 시작했다. 사신 K를 골탕 먹이기 위해 어렵게 출발한 이 외출의 마지막이 엉망으로 끝나버릴 수도 있겠다는 예감이 들었다.

그래서였는지, 싸우는 현장에 더 다가가지도 더 멀리 떨어지지도 않은 채, 차가운 얼굴로 싸우는 이들을 그저 먼발치에서 쳐다보고 있을 뿐이었다.

멀리서 일방적으로 남자를 때리고 있던 뚱뚱한 남자가 자신을 말리는 선애를 향해 폭언하기 시작했다. 욕을 뱉으며 계속 갈 길 가라는 듯 손을 흔들어 보이더니 선애가 떠나지 않자, 뚱뚱한 남자는 선애를 때릴 기세로 손을 올렸다. 선애의 뒤에서 다친 사람의 얼굴을 살피던 승주가 상황이 심상치 않음을 깨닫고 지철을 향해 소리쳤다.

"원장님! 여기 좀 도와주세요!"

그 순간, 싸움을 둘러싼 사람들의 고개가 일제히 지철을 향했다. 영상 10도에 가까운 날씨에 검은 패딩을 두껍게 껴 입은 모습에 수군거리기 시작한 것같이 보였다. 남들에게 관심받는 걸 극도로 꺼리는 지철은 어쩔 수 없이 선애가 있는 곳으로 향했다.

"귀찮게 됐군."

지철은 씁쓸하게 웃었다. 사람들의 시선을 피해 바닥에 내리깐 지철의 시선이 뚱뚱한 남자에게 그저 맞던 남자 얼굴을 얼핏 스쳤다. 삶의 의미를 잃은 듯한 초점 없는 눈. 산산이 부서진 검은색 뿔테 안경. 피로 물든 갈색 체크무늬 상의. 자신이 알고 있는 남자의 옷이었다. 유명한 변호사였다.

'아! 그래 지금쯤이면 폐인이 되었구나! 어쩌면 아내는 결국 떠나고 덩그러니 남아있는 이곳이 그에겐 더한 지옥일 수도…'

지철이 유명한을 관찰하는 동안, 뚱뚱한 남자가 선애를 향해 손을 뻗었다. 살짝 빗겨 나갔다. 이에 더 열을 받은 듯 소리를 고래고래 지르기 시작했다.

"아니 당신은 비키라고! 나는 저 인간이랑 할 이야기가 있다니까!"

"선생님! 일단 이야기고 뭐고! 폭력은 절대 안 됩니다!"

선애의 눈이 증오심으로 불타고 있었다. 폭력에 대한 안 좋은 경험이라도 있는 듯이. 뚱뚱한 남자는 선애는 아랑곳하지 않고 쓰러져 있던 유명한에게 소리쳤다.

"아니 내 돈을 다 받더니, 갑자기 왜 안 한다는 건데? 그러면서 뭐 돈은 돌려주시겠다? 그럼 내 시간은? 당신에게 쓴 내 소중한 시간은 어떻게 보상할 건데? 어떻게 보상할 거냐고?"

아무래도 유명한이 맡고 싶지 않다던 그 의뢰인인 것 같았다. 돼지처럼 뚱뚱한 체격에 겨우 채운 것 같은 바지 단추가 터질 듯해 보였다. 심술궂은 표정으로 바닥에 널브러져 있는 명한을 쳐다보는 모습 그 자체가 딱 일전에 유명한이 말했던 의뢰인의 모습이었다. 명한이 아무런 대꾸가 없자 그는 명한을 다그쳤다.

"왜 말이 없어? 또박또박 말 잘하는 변호사 양반 아니셨나? 왜 대답을 못 하냐고!"

"…"

"덜 맞았나?"

손을 올리는 뚱뚱한 남자의 팔목을 선애가 잡고 말했다.

"선생님. 이렇게 맞은 사람이 어떻게 사리 분별을 하겠어요? 일단은 진정하시고 나중에 진정되시면 말씀 나누는 게 좋을 것 같네요."

"뭐야? 너는 아까부터 진정? 진정하게 생겼어? 비켜! 나 여자도 때려! 아무튼 여자들이란 아무 때나 여기저기, 마치 본인들 일처럼 끼어들고 말한다니까. 그래서 내가 여자라면 이렇게 질색하게 된 거라고!"

"그래도 당신을 낳아준 사람은 여자죠!"

선애가 잡고 있던 팔목을 바닥으로 힘껏 뿌리쳤다. '이게 진짜!'라고 말하는 남자의 눈에 빨간 핏줄이 솟았다. 그러곤 이번에는 진짜 선애의 뺨을 때릴 것같이 팔을 높게 올렸다. 그때 바로 선애의 앞에 선 지철이 공중에 떠있는 그 남자의 팔을 잡고 말했다.

"아무리 재밌는 구경이라도 한 사람만 일방적으로 때리면 재미가 없어요. 서로 치고받고 싸워야지. 개처럼 말이야!"

"넌 또 뭐야? 꺼져!"

지철에게 팔을 잡힌 남자는 다른 팔을 휘둘러 지철의 왼쪽 뺨을 힘껏 쳤다. 순간 바가지에 담긴 물이 피부에 뿌려지는 듯한 마찰음이 '쫙' 하고 울렸고, 뺨을 때린 인간의 손에 진득한 핑크색 젤리 같은 액체가 묻어 나왔다.

"아악! 이게 뭐야?"

그 순간, 인간에게 처음으로 뺨을 맞은 지철은 미친 듯이 웃기 시작했다. 이곳이 지옥이었다면 감히 상상조차 못 할 일이었기에 당황과 당혹이 섞여있는 웃음소리였다. 지철은 화를 내지도 욕을 하지도 않는 싸늘하게 굳은 얼굴로 천천히 그의 귀에 다가가 속삭였다.

"욕심 많은 돼지일수록 왜 다리가 왜 짧고 얇은 줄 알아? 너처럼?"

그가 '뭐래? 꺼져!'라며 다시 팔을 올려 내려치려는데 이번에는 그의 두 팔을 지철이 확 낚아 쥔 채로 바닥을 향해 비틀었다. 순간 지철의 힘에 두 팔이 꽈배기처럼 꺾인 남자는 뒷걸음 치며 말했다.

"뭐래? 아아아! 아프다고!"

팔을 겨우 뺀 남자가 씩씩대며 지철을 째려봤지만, 지철은 아랑곳하지 않고 그를 쳐다보며 말했다.

"돼지 같은 놈들의 다리는 길 필요가 없어. 뛰어봤자 그곳은 늘 시궁창이거든. 내가 너 같은 놈은 숱하게 불구덩이에 넣어봤지! 그곳에서 살려달라고 발버둥 치는 모습이 참 볼만

한데 말이야."

"뭐야? 네가 뭘 알아? 이 새끼는 더 맞아야 해! 내가 이놈한테 준 비용이 얼만데, 갑자기 안 한다고 쏙 빠지면 되는 거야? 이 새끼 때문에 이제 내가 두 번째 마누라에게 전 재산 다 털리게 생겼다고!"

"살려달라는 소리인가? 잘 안 들려? 뭐라고?"

지철이 자기 분노를 제어하지 못하고 자기 오른손을 쥐었다 펴기를 반복하면서 맹렬히 남자를 째려보며 오른손을 들었을 때 뒤에 있던 명한이 정신을 못 차리는 상태에서 소리쳤다.

"내가 아무리 가난한 변호사라도 한 아이의 아빠인데… 어떻게 유전자 검사 서류를 조작해요? 저는 못 해요. 그 애는 당신의 아이고 당신은 양육비를 줄 의무가 있어요. 당신은 한 아이의 아빠란 말이에요. 엄마가 없어도. 그 애의 아빠라고!!"

마치 유명한이 자기 자신에게 소리치는 것 같은 그 소리에 더 화가 난 상대편 남자는 길길이 날뛰기 시작했다.

'아이고 참된 변호사 나셨네! 당신이 내 변호사지 내 마누라 변호사야? 내가 주기 싫다는데 왜 참견질이야? 아직 이게 덜 맞았네?' 하는 말과 함께 자신의 앞에 있던 지철을 밀치고 유명한에게 다시 달려들려고 하자 갑자기 선애가 주변에 몰려있던 사람들에게 소리치기 시작했다.

"여러분 이 사람이 애 양육비를 주기 싫어서 변호사에게 유전자 검사 조작하라고 시켰대요. 아빠란 사람이 그래도 되나요? 여러분! 정의의 몽둥이로 맞아야 할 사람은 이 남자가 아닐까요?"

그 말을 들은 사람들이 갑자기 웅성이기 시작하더니 일제히 뚱뚱한 남자를 쳐다보고 비난하기 시작했다. 뚱뚱한 남자는 자신을 향한 비난의 소리와 함께 핸드폰으로 찍는 소리가 들리자, 유명한 변호사에게 연락 받으라고 하는 것처럼 제스처를 취하더니 뒷걸음질 치며 도망치기 시작했다. 곧 사람들은 그의 얼굴을 배드파파라는 해시태그와 SNS로 함께 퍼 나르기 시작했다.

어쩌면 그에게 현실재판보다 더 무서운 벌을 인터넷이 주고 있는 것처럼 보였다. 남자는 자신을 찍고 있는 사람들을 노려보며 고소할 거라고 소리치곤 얼굴을 가린 채 부리나케 도망갔다.

뚱뚱한 남자가 사라지자 쓰러져 있던 유명한이 겨우 정신을 차리며 고맙다며 인사를 했다. 선애는 승주에게 명함을 데려다주라고 부탁했다.

"승주 씨. 아무래도 환영회는 다음을 기약해야 할 것 같아요. 이분을 혼자 놔두고 갈 순 없으니까 말이에요. 그래서 말인데 승주 씨가 이분을 부축해서 집에 데려다주는 게 어떨까요?"

"아 그럴게요, 선애 씨. 저기, 그러니까 어디 사세요?"

승주의 질문에 정신이 없어 명한이 듣지 못했다. 그 순간 지철이 마치 명한의 대답을 가로채기라도 하듯이 소리도 없이 승주의 가까이에 다가와 속삭였다.

"저요? 저는 당신 집 위층에 살아요. 예, 맞습니다. 저는 당신이 아는 그 유명한입니다."

지철이 한 귓속말이 생각보다 크게 들렸다. 그래서 부축을 받고 있던 유명한과 승주가 당황한 듯 서로를 번갈아 가며 쳐다보았다. 그 모습이 재미있었는지 지철이 명한인 것처럼 또 대답했다.

"아이고 반갑습니다, 아래층 총각. 우리가 인터폰으로는 자주 욕설을 주고받았지만, 이렇게 만나는 건 처음이네요."

어색한 침묵만이 그 둘을 감쌌다. 지철은 할 말 다 했다는 듯이 승주와 명한의 어깨를 툭툭 치며 그동안 쌓아두었던 묵은 대화를 나누며 조심히 들어가라고 말하고 다시 사무실로 향했다. 선애도 안쓰러운 눈빛을 승주에게 보내며 지철을 따라갔다. 그런데 갑자기 멈춰 선 지철 때문에 선애는 지철의 등에 코를 부딪치고 말았다.

"아! 원장님, 가다 말고 갑자기 이렇게 서버리시면…"

"선애 씨?"

"네?"

"우리 환영회에 K도 불렀나요?"

"네? 아니요. 부르진 않았는데 불렀어야 했나요?"

"부르지 않아도 왔네. 저 사신 K 놈이!"

"네? 사… 사신이요? 원장님?"

놀란 선애가 말을 더듬었다. 지철은 선애에게 보고서를 보낼 사람이 K라고 했지 사신이라고 한 번도 말한 적 없었다. 검은 옷만 입는 K의 패션이 다소 이상하다 했지만, 죽은 영혼을 데려가는 사신이었다니. 늦은 깨달음과 동시에 그동안 사신 앞에서 오두방정을 떨었던 게 생각이 난 건지 선애는 자신의 입을 두 손으로 틀어막았다. 그 사실을 아는지 모르는지 지철의 앞에 사신 K가 우두커니 서있었다. 마치 회식에 초대된 것처럼 등장한 사신이라니. 기가 막힌 타이밍이었다. 사신 K는 그런 지철에게 비아냥대며 말했다.

"아니 베스탄. 지금 밖에 나온 거야? 추위 타는 덜덜이가?"

사신 K는 몸을 덜덜 떠는 것 같은 흉내를 지철 앞에서 냈다.

"당장 꺼져! 당장! 내 눈앞에서 불태워 버리기 전에!"

지철은 사신 K가 한마디만 더 하면 진짜 불태워 버릴 것처럼 노려보며 말했다. 지철이 그러거나 말거나 사신 K는 재미있는 구경이라도 한 듯 히죽거리며 지철에게 말했다.

"내 갈 길 가더라도 이런 재미난 이야기 하나 정도는 해줄 수 있잖아? 그 뭐랄까? 절호의 기회를 놓치고 오는 길이란 걸 말이야!"

"무슨 소리야? 알아듣게 말해!"

"방금 너의 뺨 때린 남자 말이야. 맞으면서 뭐 느낀 거 없어? 사이코패스는 서로를 알아본다던데 아무 느낌 없었냐고?"

"!!"

"그래! 방금 그 남자 네가 그렇게 지옥에서 그렇게 찾아 헤매던 너의 동료가 될 수 있는 악마 사이코패스잖아. 그 악마가 될 수 있는 3% 말이야. 아차차, 너는 어차피 사무실 나오면 까막눈이라 알아보지 못하지? 그러니까 넌 방금 네 오른손으로 그 남자를 바로 지옥에 보낼 수 있는 찬스를 놓친 거라고!"

"그럴 리가…"

지철은 이제는 너무 멀어져 보이지 않는 그 남자가 자신이 지옥에서 그렇게 찾았던 예비 악마가 될 수 있는 존재라는 사실에 다소 충격을 받은 듯 보였다. 이 순간을 놓치고 싶지 않았던 사신 K는 조용히 자신의 때를 기다리다가 지철이 그를 어떻게 할 수 없을 때를 맞추어 지철의 앞에 나타난 것이다.

지철은 자신이 사신 K의 코를 납작하게 만들기 위해 꾸민 계획에 되레 본인이 당했다는 생각이 스쳤다. 지철의 표정 변화를 쭈욱 살피고 있었던 사신 K는 마지막 쐐기 골을 지철에게 아무렇지 않게 '툭' 하고 던졌다.

"이렇게 천금 같은 기회를 놓치다니! 대악마 베스탄이 말이야. 심지어 사이코패스는 자신이 한 일이 잘못되었다고 뉘우치는 일이 없어서 너희 상담소도 안 보일 텐데… 사실, 나는 그렇게 생각해 베스탄! 지옥에 가는 사람을 천국 가게 하는 것보다 이렇게 버젓이 길가에 돌아다니는 사이코패스를 네 손으로 잡아다가 악마로 만들어 버리는 게 더 쉬운 일 아닐까? 그가 악마 될 인재라는 걸 네가 확인할 수 있다면 말이야. 지옥의 신도 나쁘지 않은 선택이라고 생각할 텐데. 아쉽게 됐네? 뺨까지 맞고 제 손으로 놓쳐버리다니. 악마들이 이 사실을 안다면 얼마나 널 죽이고 싶어 할까? 키키키킥. 결국 넌 악마의 심리 상담소에서 나오면 아무것도 아닌 거야! 키키키킥."

사신 K의 말은 충분히 일리가 있었기에 지철은 가슴 저 바닥에 묶어두었던 수치심이 끓어올랐다. 그 표정을 사신 K에게 들키고 싶지 않은 듯, 미친 듯이 상담소를 향해 뛰기 시작

했다. 선애도 다짜고짜 뛰기 시작하는 지철의 이름을 부르며
힘겹게 그의 뒤를 쫓아 함께 사라졌다. 그 모습을 지켜보고
있던 사신 K가 조용히 혼잣말을 했다.

"그리고 잊었나 본데. 베스탄! 내가 오늘 이곳에 등장했다
는 건 말이야. 오늘 누군가가 죽게 되어있다는 거야. 이곳에
있었던 누군가가 말이야!"

악마의 MBTI

악마의 MBTI **SSSS**

SEXY (섹시한)

SELFISH (이기적인)

SUGAR FREE (단맛을 느끼지 못하는)

SMALL TALK (긴 대화를 좋아하지 않는)

    상담소로 돌아와 한참 동안을 축 처진 어깨를 하고 혼잣말로 이상한 말을 되풀이하고 있는 지철에게 선애는 승주를 대신해서 따뜻한 커피 믹스를 타 왔다며 사무실 문을 열고 들어왔다.

    "평소보다 맛은 없을지 몰라도 정성으로 타봤어요."

아무런 반응도 없이 커피를 마시는 지철을 향해 어색한 분위기를 풀고자 선애가 아무 말이나 하기 시작했다.

"아니 뭐 K도 그래요. 사신이면 다예요? 악마를 찾는 게 뭐 그렇게 어렵다고, 안 보여서 놓친 걸 갖고 그렇게 원장님을 못 잡아먹어서 안달이래요? 원장님. 제가 지금이라도 그 사이코패스라는 남자를 잡아 올까요? 아까 사람들이 그 남자 사진을 찍어서 올리던데 금방 찾을 수 있을 거예요. 아니면 유명한 변호사한테 물어볼까요? 그 남자가 어디에 사는지? 아니면…"

선애의 그 어떠한 말에도 지철은 깊은 수렁에 빠진 악마처럼 아무런 대꾸도 없었다. 답답해진 선애가 지철에게 악마가 되는 사람을 알아보려면 어떤 것들이 필요하냐고 물어보고 있었는데, '쾅' 하는 소리와 함께 지철의 사무실 문이 열렸다. 순식간에 공기가 차갑게 얼어붙었다. 상담실 문을 열고 들어온 건 사신 K였다. 들어오면서 선애의 질문을 들었는지 지철 대신 대답을 늘어놓기 시작했다. 그의 얼굴은 몇 시간 전 만났을 때와 달리 벌겋게 상기되어 있었다.

"선애 씨, 애쓰지 말아요. 악마라는 것들은 자신의 약점이 될 수 있는 것들은 절대 자기 입으로 말하지 않아요. 그러니까 어떻게 악마가 될 수 있는지를 알려주는 것 또한 자신들의 약점을 드러내는 일이니까, 절대 말하지 않을 거예요!"

"에이~ 악마가 약점이 어디 있어요? 그리고 지금 원장님 심기가 좋지 않으니 다음에 오세요. 제발요 K 님!"

선애가 두 손을 모아서 부탁한다며 고개를 숙이면서 사신 K를 서둘러 문 밖으로 내보내려고 하자, 사신 K는 자신이 할 말이 아직 끝나지 않았다는 듯 버티며 말을 이어갔다.

"악마도 당연히 약점이 있어요. 절대 지워지지 않는 검은 실타래 같은 과거의 기억들이 그들의 약점이죠. 보통 천국에 가는 사람들과 천사들은 이승에서의 모든 기억이 하얗게 백지처럼 지워져요. 전생에 있었던 고통과 행복했던 기억들까지 말이죠. 왜 그런 말도 있잖아요. 망각은 인간에게 주어진 축복이다."

"닥쳐! 지금 닥치지 않으면…"

지철은 더 이상 못 참겠다는 듯, 사신 K에게 다가가 거칠게 차가운 벽으로 몰아붙였다. 그러곤 그의 목을 조르기 시작했다. 그런 지철의 모습에 아랑곳하지 않고 사신 K는 도발하듯 비웃으면서 말했다.

"이것 봐요. 자신들의 약점이 들킬 것 같으면 꼭 이딴 말도 안 되는 행동을 한다니까요. 이기적인 것들! 지옥에 가는 모든 망자는 처음에는 자기가 살았던 전생의 기억을 어렴풋이

짊어지고 가요. 그들은 그 죄를 씻기 위해 다시 태어나는 거예요. 그런데 그렇게 계속 태어나도 뉘우치기는커녕, 더 잔인한 범죄를 저지르는 사람들이 있어요. 그렇게 그들은 다시 태어나면 태어날수록 과거의 기억은 점점 더 선명해지고, 목숨을 잃을 때 겪었던 고통은 반복되죠. 자신의 고통이 심해지니까, 타인의 고통에 대해 점점 더 무뎌지는 거예요. 다시 태어난다 해도 패악질만 할 게 뻔했기에 저승이라는 공간에 갇혀 환생도 하지 못하는 악마가 되는 거예요. 혹시 선애 씨는 아니요? 킥킥킥. 악마들이 왜 사이코패스여야 하는지?"

지철이 사신 K의 목을 죽일 듯이 더 조르려고 하자 선애가 달려와 지철의 팔을 제지하며 말했다.

"아니 원장님… 아무리 죽지 않는 사신이라고 하지만 너무 고통스러워하잖아요. 원장님! 제발 그 손 좀 놓아요! 인간 세계에서 죄를 지어서 원장님이 그토록 돌아가길 원하는 지옥으로 돌아가지 못하게 될 수도 있잖아요. 그게 어쩌면 사신이 지금 원장님에게 원하는 것일 수도 있어요. 당장 그 손 놓으세요!"

선애의 말에 지철은 이글이글 타는 눈으로 사신 K를 째려보며 그의 목을 쥐었던 손을 내려놓았다. 풀려난 사신 K는 몇 번 기침을 하더니 목이 졸려 창백해졌던 얼굴이 다시 붉게 변했다.

"캑캑… 사이코패스여야 자기 가족과 친구들이었던 사람들에게도 어떠한 감정 없이 벌을 줄 수 있으니까. 가족이었던 그들을 지옥 불에 집어넣는다든가, 한때 자신이 사랑했던 연인을 식인 물고기 떼가 우글거리는 호수에 던지는 데 거리낌이 없죠. 자신의 이익을 위해서 누구든지 해칠 수 있는 종족들인 거예요. 악마들은."

"말도 안 되는 소리 하지 마세요! 어떻게 자기 가족인 줄 알면서 그런 짓을 해요?"

"더한 짓도 하는 걸 봤는데요? 자신 때문에 자살한 부모를 지옥 불에 던진 베스탄 같은 악마 말이죠!"

"한마디만 더 하면 죽일 거야! 이번엔 진짜 너를 지옥 불로 던질 거야!"

지철이 포효하듯 외치는 말 안에 담긴 '지옥 불'이라는 단어가 사신 K에게는 촉매제가 된 듯, 더 미친 듯이 발악하며 소리 지르기 시작했다. 선애는 지철과 사신 K의 싸움을 말리고자, 두 사람 사이에서 두 팔을 벌리고 서서 아무도 서로에게 가까이 가지 못하도록 버티고 있었다.

"베스탄! 그래, 너 말 잘했다. 너 때문에 난 오늘, 지옥 불에 던져질 수도 있었어. 여기가 지옥인 줄 알아? 그 못된 혓

바닥을 어디서 함부로 나불대?"

"무슨 소리야? 알아듣게 말해!"

"오늘 저승 명부에 적혀있던 사람이 너의 그 간악한 혓바닥 때문에 죽지 않았다고!"

사신 K는 자신이 갖고 있었던 명부 중 한 곳을 짚으며 말했다. 그곳에 적힌 유명한이라는 이름 옆에 적인 '사망 사유 살해'라는 단어 위에 초록색 두 줄이 그어져 있었다.

"네가 김승주에게 비밀번호를 알려주지 않았다면 쉽게 끝날 일이었어. 그가 유명한 집에 들어가서 하루 종일 아빠를 기다리고 있던 아이를 보지 않았어도 됐을 테니까. 그런데 네가 그저 재미로 한 말 때문에 김승주가 그 집에 들어가게 되었고, 층간소음으로 활활 불타오르던 분노가 하찮은 동정 따위로 바뀌어 버린 거야!"

그 말을 듣는 순간 지철은 승주가 명한을 부축해서 택시 타러 갈 때 자신이 한 말을 떠올렸다.

"아! 그리고 승주 씨. 유명한 씨 지금 상태로는 현관문 비밀번호도 기억 못 할 것 같은데… 승주 씨가 도와줘요. 그 집 비밀번호는 240912예요. 얼마 전 명한 씨 아내의 뱃속에서 결국 태어나지 못한 아이의 출산 예정일이었죠. 하하하."

사실 자신의 말에 당황하는 승주의 표정을 보고 싶어서 꺼낸 말이었다. 지옥에서 벌을 받는 인간들에게 그랬듯, 습관처럼 뱉게 된 말이었다. 그런데 그 말이 인연의 끈이 되어 명한의 생명줄을 연장하게 되는 결과를 초래할지는 전혀 예상하지 못했다.

하지만 화를 내를 사신 K의 얼굴을 보니 사이코패스도 못 알아봤던 자신에 대한 기분 나쁜 감정들은 어느새 지우개로 지운 듯 말끔히 사라지고 입가에 웃음이 번졌다.

"하하하, 진짜? 그랬단 말이야?"

그 모습을 보고 사신 K가 정색하며 말했다.

"웃지 마! 이 변태 같은 놈. 내가 너 때문에 놓친 유명한은 어떻게 해서든 다시 지옥에 보내고 말 테니까."

"글쎄, 네가? 과연…?"

"아차차. 맞다. 너는 지옥에 가고 싶어도 돌아가지 못하지? 아무도 너를 지옥에서 다시 보고 싶어 하지 않으니까. 나 역시 그 꼴은 차마 못 보지. 암, 그럼."

그때였다. 사신 K의 전화기가 미친 듯이 울리기 시작했다. 찍힌 번호를 보고 화들짝 놀란 사신 K는 마치 지옥의 신이 눈앞에 있는 것처럼 허리를 연신 굽히며 '죄송합니다, 지금 당장 가겠습니다'라고 외치며 부리나케 사라졌다. 그의 뒷모습을 보고 처음에는 당황한 듯 보였던 지철은 미친 듯이 웃기 시작했다. 자신이 계획한 대로는 아니었지만, 결론이 마음에 드는 것처럼 보였다.

"그런데 원장님… 사신이 말한 게 진짜 사실이에요? 부모님을 불구덩이에 던지셨다는… 분명 어떤 이유가 있었던 거죠? 인간이라면 어떻게 그런…"

"선애 씨도 아시겠지만, 저는 인간이 아닌 악마예요. 어떠한 이유도 없어요. 점점 무뎌지는 거죠. 악마의 일을 하며 감정과 감각이 퇴화하는 거예요. 어차피 다시 환생할 사람들. 다시 내 앞에 나타나 또 다른 죄로 벌을 받을 사람들이 뱀처럼 똬리를 틀고 있는 거예요. 그들이 가족이었건 애인이었건 중요하지 않게 되죠. 그들은 그저 칼퇴근을 하기 위해 빨리 쪼개야 할 땔감 같은 존재라는 생각을 하게 되는 거죠."

"땔감이라니! 어떻게 그런 말을."

"어차피 인간의 목숨은 길어요. 승주 씨도 마찬가지예요. 이번 고비를 피했다고 해도 안심하지 말아요. 분노 조절 장애라는 그 병 어차피 쉽게 고쳐지지 않을 테니까요. 지옥에 갈 사람이 천국에 가는 일이 이렇게 쉽게 해결될 리가 없어요."

"그럼… 예전에도?"

"맞아요. 다 해결되었다 싶을 때면 여지없이 불운이라는 놈이 나타나서 모든 걸 원상태로 돌려놓았죠. 제가 돌아가는

걸 아무도 원하지 않는다는 사신의 말이 지금에서야 이해가
되네요."

갑자기 몰려드는 과거의 기억 때문이었는지, 지철은 머리
가 아픈 듯 관자놀이를 눌렀다. 그래서였을까? 가뜩이나 험
상궂은 그의 미간이 더 구겨져 음산한 기운까지 내뿜었다.
선애는 자신도 모르게 그의 얼굴이 비친 거울을 보고 흠칫
놀라 어깨를 들썩였다. 지철은 선애가 그러거나 말거나, 타
인의 감정에 동요하지 않는 악마답게 자신이 너무 많이 말한
것 같다며 선애에게 그만 퇴근하라고 말하며 벨벳 커튼 사이
로 사라져 버렸다.

선애는 사라지는 지철에게 물어볼 말이 많았지만, 지철이
들어간 커튼이 미약하게 흔들리는 것을 보고 움찔거리는 입
술을 다물었다. 숨소리조차 내면 안 될 것 같은 분위기에 선애
는 조용히 사무실을 빠져나왔다. 참 이상한 일이었다. 하루 사
이에 이렇게 많은 일이 일어났다는 것이. 사무실과 응접실 사
이에 문 하나가 놓여있었을 뿐인데, 마치 숨 막히는 지옥에서
빠져 나온 사람처럼 선애는 참았던 숨을 뱉게 되었다. 선애의
눈앞에 외출 중이라고 문 앞에 걸어두었던 팻말이 보였다.

'만약 내가 그 싸움에 끼어들지 않고, 승주와 원장님과 함
께 바로 환영회를 갔다면 원장님이 사신을 만날 일도 없었을

거고, 아무도 원장님이 지옥에 다시 돌아오길 바라지 않는다는 말을 듣지 않았겠지. 생각해 보면 다 내 탓이네.'

선애는 갑자기 마음이 쓰라리었다. 인간 세계에 내려와 냉기를 매일 삼키며, 사시나무처럼 떨고 있는 외로운 지철에게 지옥으로 돌아갈 수 있을 거라는 일말의 희망조차 빼앗아 버렸다는 죄책감이 일렁였다.

선애는 자신이 영원히 이곳에 출근해야 할 수도 있다는 사실보다 지철이 지옥에 돌아가지 못하는 현실이 더 안타깝게 느껴졌다. 선애는 오전 내내 쓸고 닦아서 먼지 하나 묻어있지 않은 바닥이 꺼질 것처럼 깊은 한숨을 내쉬었다.

'그래도 퇴근은 해야겠지.'

가만히 바라보던 외출 중이라는 팻말을 돌려, '영업 종료'로 바꾼 후 밖으로 나왔다. 바깥의 따뜻한 바람이 선애의 코끝을 스쳤다. 어쩌면 자신에게는 이렇게 따뜻한 바람도 지철에게는 얼음처럼 차가운 바람일 수 있겠다는 생각에 안타까운 감정이 일렁였다.

오늘은 심히 어둡고 쾨쾨한 분위기가 흘렀다. 늘 밝았던

승주의 얼굴에도 무언의 슬픔이 흘러나오고 있었다. 선애는 어둠이 집어 삼킬 것 같은 분위기에서 벗어나고 싶었다. 근무의 시작이 짙은 어둠뿐이라니, 벌써부터 숨이 막혀왔다. 지철의 사무실은 적막 그 자체였다. 그나마 대화가 가능한 상태인 퇴근 준비하는 승주에게 선애가 다가가 물었다.

"승주 씨, 무슨… 고민 있어요?"

"선애 씨. 그게요… 오늘 아침에 만난 명한 씨가 너무 걱정돼서요. 살고자 하는 의지 하나 없이 멍하니 서서 엘리베이터를 타고 계시더라고요. 내려가야 하는 층도 누르지 않고 말이에요."

"명한 씨 아이도 있다고 하지 않았나요?"

"맞아요. 며칠간 친척 댁에 맡기셨대요. 도저히 돌볼 여력이 안 된다고… 곧 죽을 날을 받아놓은 사람처럼 엘리베이터에서 멍하니 서있던 모습이 하루 종일 계속 떠올라서요."

승주의 그 말에 선애는 '맞아요. 그 사람 원래는 죽을 날을 받아놓은 사람이었어요. 바로 당신의 손에'라고 나오려던 말을 꾹 누르며 어색하게 웃었다. 승주가 본 넋이 나간 듯한 명한의 모습은 아마도 사신 K가 상담소를 나가면서 무슨 수를 써서라도 그를 다시 데려갈 것이라고 했던 말을 증명해 주고 있는 것 같았다.

"아무래도 명한 씨 혼자 계속 있으면 조만간 큰일 나겠네요."

"그러게요."

갑자기 지철의 사무실 문이 끼익 하고 열리더니, 어두운 기운을 내뿜는 지철이 승주를 쳐다보며 알 수 없는 기분 나쁜 웃음을 지었다. 어느 순간 그의 손엔 검은색 종이 한 장이 쥐어져 있었다.

"흥미롭군. 흥미로워. 그래? 이렇게 나온다. 이거지?"

지철의 말에 흠칫 놀란 승주가 뒤돌아 지철을 쳐다보며 인사를 건넸다.

"아, 원장님! 안녕하세요?"

승주의 인사에 지철은 대충 고개만 까딱이더니, 선애에게 커피를 타달라고 말했다. 선애가 승주 씨에게 부탁하면 될 것을 자신에게 왜 부탁하는 거냐고 묻자, 지철은 승주를 쳐다보며 선애에 귀에 대고 말했다.

"정신이 딴 데 팔린 인간이, 내 커피에 무엇을 넣을지 모르잖아요."

"악, 원장님! 왜 제 귀에 대고…"

귓속말이라곤 하지만 고막이 찢어질 듯한 소리에 선애가 질색을 하며 뒷걸음질 쳤고, 그런 지철과 눈이 마주친 승주는 당황한 기색이 역력했다.

"네? 그게 무슨…"

지철은 그를 차갑게 째려보며 말을 이어갔다.

"왜, 맞잖아요. 어제도 당신의 윗집 남자 때문에 한숨도 못 잤잖아요. 며칠 전과 다른 이유로 말이에요. 그렇게 명한 씨가 걱정되면 옆에서 돌보는 건 어때요? 마침, 유명한 씨 오늘 변호사 사무실도 그만뒀다는데, 무료 법률 사무실을 아파트 안에 차리고, 그곳에서 승주 씨가 커피를 내려주면 되겠네요. 어때요? 나는 재밌을 것 같은데. 상담은 승주 씨가 사랑하는 인터폰으로 하고 상담비는 커피 값만 받는 거예요. 집으로 직접 배달도 된다고 하면 인기 많을 것 같은데?"

"네?"

"어차피 승주 씨는 커피만 내릴 수 있다면 그곳이 악마의 상담소든지 변호사 사무실이든지 상관없잖아요? 안 그래요? 아니면 어차피 가게 될 지옥을 먼저 보내드릴까요? 빨리 가서 악마들에게 팔이 빠져라 커피를 내려 대접할 수 있게? 아주 상상만 해도 짜릿하군요. 악마들에게 조롱당하는 당신의 모습."

지철은 자기 말이 농담이 아니라는 듯 오른손 주먹을 쥐었다 펴는 것을 반복했다. 승주는 그 모습을 보고 어리둥절했지만, 선애는 지철의 오른손을 보고 겁에 질려 얼굴이 새하

애겼다. 아무래도 그의 왼손에 들려있는 종이에 쓰여있는 어떤 문구가 그의 심기를 건드린 것으로 보였다.

"하하하. 에이~ 원장님 농담도 참…"

선애는 경직된 얼굴로 지철의 어깨를 툭툭 쳤다.

"농담 아닌데요? 어차피 유명한 그 인간 지금 제정신 아니라서 승주 씨가 뭐라고 해도 다 '네'라고만 할 거예요. 당신은 무료로 투자받고 커피숍 여는 거랑 같은 건데 어차피 정신 나간 사람 누구라도 등쳐먹을 거 당신이 돌봐주는 비용이라고 생각을 바꿔봐요!"

무료 투자 커피숍이라는 말에 승주의 눈썹이 살짝 움직였다.

"그래도 어떻게? 에이~ 제가 의리가 있죠. 그리고 제가 여기에 있어야 원장님이 난방비를 낼 수 있다고 들었는데…"

승주는 흔들리는 마음을 감추려고 애써 태연한 척 연기를 했다. 예상치도 못한 승주의 말에 선애가 놀라며 고개를 숙였다. 지철은 선애를 째려봤다. 하지만 선애의 가벼운 입놀림을 벌할 기운조차 없었다.

"그래야겠죠. 다 가져가라 해요! 그들이 저에게 뺏고 싶은 게 아마도 그것인 것 같으니까."

그렇게 말하고 지철은 자기 손에 들려있던 구겨진 종이 한 장을 쓰레기통에 던졌다. 안타깝게 종이는 쓰레기통을 스쳐

바닥으로 나뒹굴었다. 지철은 마치 자신의 신세를 보듯, 물끄러미 그 구겨진 종이를 바라보다가 다시 자신의 사무실 안으로 사라졌다. 지철이 사라지자, 선애는 빠르게 쓰레기통 쪽으로 향했다. 구겨진 종이를 펴서 종이에 적힌 내용을 조용히 읽어 내렸다.

인생은 삼세판! 상담 기록지 2/3			
이름	김승주	나이	29세
		직업	지금은 백수지만 바리스타 자격증 소지
* 사망 시 정해진 행선지 : 지옥			
이유	*(UPDATE) 유명한을 살리기 위해 열게 된 아파트 내 무료 번호 사무실에서 상담받은 여자가 승주가 탄 커피가 맛없다고 해서 순간적인 분노를 참지 못하고 여자 얼굴에 뜨거운 커피를 부어 버림.		
* 천국에 가기 위한 방법 : 현재까진 없음.			
주치의 악마 정지철			

선애는 지철이 전해준 상담지에서 바뀐 지옥행의 이유가 적힌 글씨를 보며 마치 자기 얼굴에 갓 내린 뜨거운 커피가 쏟아지는 것 같은 공포심에 얼굴이 감쌌다.

"선애 씨! 괜찮아요?"

하얗게 질린 선애는 걱정하며 다가오는 승주의 얼굴을 보자 화들짝 놀라며 괜찮다고 승주의 손을 황급히 뿌리쳤다.

"아아악! 괜찮아요. 그… 그럼요."

괜찮다는 말과 다르게 얼굴이 하얗게 질린 선애에게 승주가 물었다.

"그럼 선애 씨는 어때요? 원장님이 말씀하시는 거 어떤 것 같아요?"

"그 유명한 씨와 무료 변호 사무실 개원하는 거 말이에요?"

"네? 그러니까. 저는 잘 확신이 안 서서… 그게…"

말도 안 된다고 대답을 하려다가 선애는 순간 어차피 벌어질 일은 빨리 해결해 버리자는 생각이 스쳤다. 일어날 일은 결국 일어난다. 하지만 방향만 잘 찾는다면 기회가 될 수도 있다는 생각에 승주 팔을 꼭 잡고 대답 대신 부탁을 했다.

"원장님이 말씀하신 것도 좋은 제안인 것 같아요. 저는 그래도 승주 씨랑 정도 많이 들었는데, 만약 승주 씨가 떠나면 많이 아쉬울 것 같네요."

"에이~ 아직 결정된 것도 아닌데요. 만약 그렇게 된다 해도 자주 놀러 올게요."

"놀러 오는 것만으로는 안 돼요. 이거…"

선애는 조심스럽게 악마의 심리 상담소가 찍혀있는 명함

몇 장을 승주 손에 쥐여주며 말했다.

"홍보 좀 부탁해요. 우리 오간 정이 있는데. 그리고 있잖아
요, 승주 씨. 만약에. 그러니까 정말 만약에 누군가가 당신을
팔에 솜털까지 설 정도로 화나게 한다면, 딱 한 번만 꾹 참고
저희 상담소 명함을 건네어 줄래요? 아니다. 그냥 승주 씨보
다 더 잔인하고 무서운 원장님이 그 사람에게 벌을 줄 거라
고 생각하면서 저희 상담소를 알려주시면 안 될까요?"

"아니 선애 씨? 그게 무슨…"

"제발 약속해 줘요! 참을 수 없이 화가 나는 순간에 이 명
함을 그 사람에게 건네주기로. 그것만 지켜주면 석 달 치 사
무실 대여 비용 미리 준 거 그때 다시 돌려줄게요."

그건 불합리한 일이라고 생각했는지 승주의 얼굴을 금세
벌겋게 달아올랐다.

"선애 씨! 어차피 돌려주셔야 하는 비용 아닌가요?"

"아니죠. 승주 씨가 얼마 전에 비싼 커피 머신 사달라고 하
면서 그 비용으로 미리 결제하라고 했잖아요. 저기 보여요?
승주 씨밖에 못 쓰는 저 초호화 럭셔리 커피 머신은 이제 아
무도 못 써서 곧 고물이 되지 않겠어요?"

럭셔리라는 글씨가 금색으로 칠해져 있는 검은색 커피 추
출기가 자신의 값어치를 증명이라도 하듯이 상담실 중앙에

떡하니 자리 잡고 있었다. 선애는 약속을 하자는 듯이 자신의 새끼손가락을 들어 승주의 코앞에 들이대며 말했고, 어쩔수 없이 승주는 자기 새끼손가락을 내어주며 약속하고 말았다. 만약 지키지 않는다면 지구 끝까지 쫓아간다는 듯이 지철의 사악한 웃음을 흉내 내며 웃었다.

그렇게 며칠이 지났을까? 승주와의 약속이 흐릿해졌을 무렵 선애는 문자 한 통을 받았다.

> 선애 씨, 저 약속 지켰어요! 아래 계좌로 전에
> 말했던 비용 지금 당장 입금해 주세요!
> 21329312-32839238 뮤직뱅크 김승주.

승주의 문자에서 뿜어내는 분노가 금방이라도 선애의 주변에 있는 가연성 물질들을 모조리 태워버릴 것처럼 느껴졌다. 지철의 상담지에 나와있었던 것처럼, 승주가 자신이 탄커피가 맛없다고 한 여자에게 커피를 쏟는 대신 명함을 주었던 것일까? 정확히 알 수 없었지만, 그 문자 소리에 맞추어 사무실 문이 열렸다. 선애는 오랜만에 듣는 낯선 소리에 뒤를 돌아봤다. 동그란 뿔테 안경을 쓴, 볼살이 통통한 여자가 문 사이에 고개를 빼꼼 내밀고 있었다.

안녕하세요, 회원님

"안녕하세요. 여기가 악마 같은 분이 상주하는 상담소인가
요? 승주 씨 소개로…"

"아! 들어오세요."

선애의 눈빛이 한 마리의 사냥감을 포획했다는 듯이 순간
번뜩였다. 그에 맞추어 불안한 듯 연신 손톱을 뜯으며 진회
색 운동복 차림으로 상담소에 발을 내디딘 여자는 지철의 사
무실에서 어렴풋이 비치는 주광색 불빛을 바라보았다. 도시
의 현란한 불빛을 피해 따뜻한 동굴에 들어온 것처럼 불안하
게 떨리던 여자의 눈동자가 점점 자신의 자리를 찾아갔다.

자신의 의지가 아니라 '호기심'이라는 강렬한 끌림에 찾아

오게 된 여자는 온통 검은빛인 응접실이 신기한 듯 망설이며 첫발을 내디뎠다. 선애는 소심한 여자의 행동을 보며 과연 이 여자가 승주에게 커피가 맛없다고 말한 여자가 맞을까 싶었지만, 어쨌든 승주라는 이름이 그녀의 입에서 나온 이상 놓칠 수 없었다. 선애는 아직 눈치를 보고 있는 그녀를 지철의 사무실에 억지로 밀어 넣으며 말했다.

"승주 씨가 보내셨죠? 그럼 여기서 잠시만 기다리세요. 제가 얼른 커피 타올게요~"

"아니, 그게 아니라…"

대답할 새도 없이 문은 차갑게 닫혔다. 눈앞에 보이는 건 덩그러니 놓인 나무 의자 하나였다. 혜련은 의자에 기대에 앉았다. 눈을 감았다. 오늘 하루 일을 떠올리면 머리가 지끈거렸다. 순간, 코끝에 향긋한 시트러스 향기가 스쳤다. 무슨 냄새지? 뒤를 돌아보려던 찰나 선애가 문을 열고 웃으며 다가왔다.

"냄새 좋죠? 사실 여기 있는 남자분이 피우는 담배 향기가 고약해서 제가 오늘 향을 과하게 피웠어요~"

"남자요? 저는 어떠한 인기척도… 느끼지…"

그녀의 말이 끝나기도 전에 선애는 커피를 그녀에게 건네고 허공에 대고 손짓하며 지철을 불렀다.

"아니, 원장님. 손님 오셨어요! 기분이 아무리 안 좋다고 해도 나와는 보셔야죠?"

선애의 말에 부스스 코발트 벨벳 커튼이 열리더니 검은색 패딩을 입은 남자가 어쩔 수 없다는 듯이 걸어 나왔다. 여름에 어울리지 않는 검은색 가운을 입은, 창백한 피부를 가진 남자가 어떻게 자신의 건장한 체격을 커튼 뒤에 숨길 수 있었는지 모르겠지만 자신보다 더 억지로 커튼 속에서 끌려 나오는 그의 모습을 보고 자신도 모르게 웃음이 새어 나왔다. 그 웃음소리에 지철은 정색하며 그녀를 죽일 듯이 째려보았고, 그 모습에 선애가 당황해하며 지철에게 주의를 주었다.

"원장님! 손님을 그렇게 쳐다보시면 다 도망가요. 승주 씨 소개로 오신 분인데 다정하게 대해주세요. 웃어주시면 더 좋고요."

"악마는, 아니 악마 같은 사람은 다정하게 미소 짓는 법을 모릅니다, 선애 씨."

그의 말에 상담받으러 온 여자, 혜련은 이곳의 간판을 다시 한번 떠올렸다.

악마의 심리 상담소. 사실 승주 씨가 악마 같은 상담사의 성별을 알려주지 않았기 때문에 그녀는 자신을 안내해 준 여자가 그 사람이 아닐까 생각했었다. 하지만 의문도 잠시. 지철을 보는 순간 그가 원장이라는 걸 알아차렸다.

혜련이 상상했던 악마 그 자체였다. 피도 눈물도 없어 보이는 것 같은 저 눈과 당장이라도 욕을 뱉을 것 같은 한쪽으로 올라간 입꼬리. 하지만 왠지 또 매력이 흘러넘치는 코끝. 저 정도 외모라면 악마여도 괜찮겠다는 생각이 잠시 혜련의 머리를 스쳤다. 자신을 쳐다보는 혜련의 시선에 지철도 이에 질세라 여느 때와 다름없이 얼음처럼 차가운 눈으로 그녀를 훑어보았다.

인생은 삼세판! 상담 기록지 1/3			
이름	은혜련	나이	32세
		직업	필라테스 강사

* 사망 시 정해진 행선지 : 지옥

이유	고등학교 때 친구들이 친구를 괴롭히는 걸 보고도 자신에게 피해가 갈까 묵인했던 경험이 트라우마로 남아 힘든 일이 생길 때마다 도망 다니다가 결국 자살함.

* (BONUS)천국에 가기 위한 방법 : 과거의 트라우마를 치료하고 앞으로 힘든 일을 회피하지 않고 맞서게 해야 함.

주치의   악마 정지철

"필라테스 강사라고? 말도 안 돼!"

순간 상담실에 지철의 어이없어 하는 웃음소리가 울렸다. 이번에는 다른 상담 기록지에서 없었던 천국에 가기 위한 방법이 적혀있음에도 불구하고 지철을 놀라게 한 건 혜련의 직업이었다. 딱 봐도 혜련이의 몸이 필라테스 강사라고 하기엔 어울리지 않았기 때문이다. 다소 푸근해 보이는 인상과 티셔츠에 그려진 고양이의 원근법을 무시하게 만드는 뱃살. 빨래 몽둥이와 같은 그녀의 팔과 다리가 그의 시선을 사로잡았다.

갑작스럽게 튀어나온 지철의 독설에 화들짝 놀란 선애가 지철의 팔을 꼬집었다. 지철은 자기가 뭐 틀린 말 했냐며 선애를 째려보았고, 이에 질세라 선애도 숙녀분에게 그런 말을 실례라며 지철을 향해 삿대질하며 나무랐다. 지철은 선애를 가만두지 않겠다며 오른손 주먹을 쥐었다 폈다. 하지만 선애는 마음대로 하라며 턱을 지철에게 갖다 댔다. 지철은 이러지도 저러지도 못해 몸을 부들부들 떨기 시작했다.

상담자를 앞에 두고 투닥거리는 상담사라니. 그들의 앞에서 마치 투명인간이 된 것 같다는 생각 때문이었을까? 긴장감에 온몸이 돌처럼 굳어있던 혜련의 경계심이 스스륵 녹아내렸다. 그리고 생각보다 재밌는 곳일 것 같다는 생각에, 괜찮다며 넉살 좋게 웃어 보이기까지 했다.

"아하하, 어떻게 아셨어요? 제가 필라테스 강사인 거? 사람들은 제가 말 안 하면 잘 모를 텐데… 역시 승주 씨 말대로 악마와 같은 통찰력이 있으신가 봐요. 하하하."

어색하게 웃는 그녀의 대답에 지철은 아랑곳하지 않았다.

"그건 그렇고. 혜련 씨, 그 필라테스 숍에 회원은 있어요? 제 생각엔 없을 것 같은데."

"원장님! 그렇게 실례되는 말을!"

지철의 말에 질색하는 선애의 모습에 혜련은 괜찮다며 손을 휘저어 보였다.

"없죠… 당연히 강사가 이 모양인데 어떻게 손님이 있겠어요. 사실 필라테스 지도사 자격증도 뭐랄까? 도피용으로 딴 거죠. 숨 막히는 회사에서 벗어나기 위해서 도망칠 이유를 찾은 거예요. 그리고 이제는 더 이상 도망칠 곳이 없어졌고요."

멋쩍게 웃는 혜련을 지철은 무심히 바라볼 뿐 아무 말도 하지 않았다. 지옥에 있었을 때 회피형 인간들은 대부분 지옥 불에 던져지는 영혼들이었다. 결국 인간 세계에서 자기 자신을 놓아버린다는 결말까지 같았다.

그들은 지옥 불에서도 도망칠 수 있다고 생각했기에 악마 베스탄을 만난 후에도 죽을힘을 다해 도망가곤 했다. 그러면서 늘 죽음이 자기 자신을 구하기 위한 유일한 방법이었다고 말했다. 하지만 그러한 변명이 사이코패스인 악마에게 통할

리 없었다. 베스탄은 그럼 자신이 계속 구원해 주겠다며 지옥 불에 던지고 또 던졌다.

"죽음이라는 구원을 계속해 줄 테니, 살고 싶어지면 말해. 혹시 알아? 또 다른 구원이 기다리고 있을지?"

그렇게 그들을 밤낮없이 돌리다 보면, 그들은 땀으로 범벅이 되어 쓰러질 때쯤 베스탄의 바짓가랑이를 잡고 약속이라도 한 듯 말했다.

"죽음의 구원은 이제 필요 없어! 다시 살려줘! 제발."

"애초에 구원 따윈 없었어. 난 신이 아니거든. 그저 너희를 벌 줄 악마일 뿐이지. 키키키킥."

베스탄은 다시 그들을 지옥 불에 던졌다. 그들은 악마를 마치 유일한 구원자인 것처럼 쳐다보았다. 하지만 곧 그들의 희망이 절망으로 바뀌면서 지옥 불에 떨어졌다. 그들은 떨어지면서 악마 같은 새끼라며 울부짖었다. 죽고 싶었던 자를 다시 살게 해준다고 하다가 다시 살고 싶어질 때에는 지옥 불에 던지는 벌. 다람쥐 쳇바퀴형. 영원히 회피할 수 없는 형벌이었다.

자신의 지옥 생활을 유일하게 즐겁게 만든 회피형 인간이 혜련이라는 사실에 지철은 잠깐 어둡게 드리워졌던 감정의 검은 구름이 잠시나마 걷히는 것 같았다. 아무도 눈치채지 못했지만, 지철의 오른손은 투명한 동전을 올려 튕기는 시늉을 반복했다. 일종의 직업병이었다. 그런 지철과는 상관없이 쓸쓸하게 웃고 있는 혜련을 보고 선애가 조심스레 물었다.

"무엇으로부터 도망치시는데요?"

"글쎄요… 저도 잘 모르겠어요. 이건 내가 더 이상 넘을 수 없는 일이라고 생각하는 순간 시작돼요. 도망치고 싶은 욕구가 말이에요. 그때마다 온갖 핑계를 대며 그곳에서부터 달아나기 위해 전력 질주를 했고 막상 도망치다 보니 이렇게 혼자가 되어있었죠. 결국 집에서 혼자 배달 음식이나 시켜 먹는 신세랄까? 어쩌면 저는 태어난 순간부터 다른 사람들과 어울리기 힘든 기름 같은 존재였던 것 같아요. 어울리려고 할수록 저는 계속 분리되는 거죠. 사람들에게서 그리고 저 자신으로부터 말이에요. 승주 씨를 만난 것도 제 인생의 최악이라고 생각한 순간이었어요."

"유명한 씨의 무료 법률 상담소에서 만나신 거죠?"

"맞아요. 제가 운영하는 필라테스 사업을 접으려고, 건물 주분께 나간다고 말씀드렸더니 다음 세입자 찾을 때까지 전세금을 못 주신다고 해서 어쩔 수 없이 계약 만료일까지 텅 빈 가게를 지키고 있었거든요…"

"그런데요?"

"그런데 저희 아파트 내에 못 받은 전셋값도 받을 수 있게 도와주는 무료 법률 상담소가 있다고 해서 처음으로 용기 내서 가봤어요. 인터폰 상담은 대기가 많다고 해서 직접 찾아갔더니, 며칠씩 기다려야 한다고 하시더라고요. 그러면서 커피를 주셨는데 맛이…"

"없었군요?"

"네. 저한테는 이상하게 맛이 없었어요. 아파트 내에는 커피 맛집이라고 분명 소문난 곳이었는데… 제가 기름 같은 사람이라서 그런지 몰라도 승주 씨가 탄 커피를 제 혀가 온전히 느끼지 못하는 그런 맛이었어요. 아무튼 저도 모르게 맛없다고 말하는 순간 승주 씨의 얼굴이 엄청 벌겋게 달아올랐어요. 손까지 덜덜 떠시더라고요. 처음 봤어요. 사람의 얼굴이 그렇게 순식간에 빨개지는 건…"

"그리고 승주 씨에게 이곳을 추천 받으셨고요."

"네. 처음엔 장난인 줄 알았어요. 악마의 상담소라니. 하지만 승주 씨가 너무 진지하게 권하시는 바람에 거절할 수 없었죠. 무료로 가식 없는 상담도 받을 수 있고 맛있는 커피도 있다며 추천해 주셨어요."

선애는 자신이 탄 커피가 어떤지 문득 궁금해져서 더 가까이 혜련에게 다가갔다. 선애의 호기심 가득한 표정에 미안해

하며 혜련이 고개를 숙였다.

"역시나 저에겐 맛이 없네요… 죄송해요."

혼란스럽다는 듯 고개를 흔드는 혜련을 뒤에서 지켜보던 지철은 알 수 없는 웃음을 지으며 나지막이 말을 건넸다.

"기름 같은 사람이라. 그럼… 그 기름을 없애려면 시원하게 불을 한번 질러야겠네요, 하하하."

선애와 혜련은 놀란 듯 지철을 쳐다보았고 지철은 혜련에게 '핸드폰'이라는 말을 뱉고, 구릿빛 검지를 까딱까딱 흔들었다.

"흠. 이것 또한 흥미롭군…"

한참을 혜련의 핸드폰을 보며 무언가를 응시하던 지철은 검지를 이용해서 무언가를 적더니 다 되었다며 혜련에게 핸드폰을 돌려주었다. 그러곤 혜련에게 한 달 후에 보자며 선애에게 다음 상담 일자를 잡으라고 말한 뒤 커튼 뒤로 숨어버렸다.

혜련은 너무 순식간에 일어난 일이기도 하고 홀린 듯 핸드폰을 건네준 상황이 아직 믿기지 않는지 멍하니 자기 손에 들린 핸드폰만을 응시하고 있었다.

그 모습은 마치 상담받으러 왔으나 상담도 하기 전에 자신의 모든 것이 털려버린 사람처럼 보였고 선애 또한 이런 갑작스러운 지철의 행동에 다소 당황한 듯 보였지만 이내 정신을 차리고 다음 상담 예약을 받기 위해 물었다.

"그러니까, 다음 상담 예약은 언제가 편하시겠어요?"

"아! 네… 상담이요? 그러니까 한 달 후면… 5월 5일 어린이날로 잡아주세요. 보통 일하는 날은 오전 열한 시부터 오후 열 시까지 필라테스 사무실에 앉아있거든요. 한 달 뒤에도 보증금을 돌려받지 못해서 필라테스 가게를 운영할 수도 있으니까, 공휴일로 잡는 게 낫겠네요."

"네… 그럼, 그때로 예약해 드릴게요. 5월 5일 오후 열 시. 아! 혜련 씨 연락처는 이곳에 적어주세요."

"그럼… 그때 봬요."

선애는 아직도 어리둥절해하는 혜련을 문밖까지 안내하고 사무실로 서둘러 뛰어 들어갔다. 그런데 지철이 선애를 기다렸다는 듯이 웬일인지 커튼 밖으로 나와있었고 선애에게도 혜련에게 그랬던 것처럼 검지를 까딱이며 핸드폰을 달라고 말했다. 선애는 입으로는 혜련의 핸드폰으로 무슨 짓을 한 거냐고 묻고 있었지만, 손은 마치 악마의 주술에 걸린 것처럼 지철에게 핸드폰을 건네주고 있었다.

"아니! 내 손이 왜 이래?"

핸드폰을 받아 든 지철은 전화번호부에서 누군가의 번호

를 찾더니 전화를 걸었다. 몇 번의 신호음이 울리고 상대편이 전화를 받는 듯한 소리가 전화기 너머로 들려왔다. 지철은 희미한 미소를 띠며 말했다.

"아… 승주 씨! 오랜만이에요? 잘 지냈어요?"

"네, 원장님. 무슨 일로?"

"아니 손님을 소개해 주셔서 고맙다고 전화했어요. 또 그 고마움을 갚기도 하고 말이에요."

"그게… 무슨?"

"소개해 준 손님, 그러니까 혜련 씨가 상담받고 나가는데… 자기네 아파트 카페에다가 무료 변호해 주는 상담소에 대해서 글을 올리는 것 같더라고. 내용을 슬쩍 보아하니 승주 씨 커피에 대한 글이던데… 내용이 아주 별로더라고… 나한테는 그렇게 커피 잘 탄다고 하더니 아니었나 봐?"

선애는 지철이 하는 말에 경악해 핸드폰을 뺏으려고 했지만, 지철은 선애를 피해 벨벳 커튼으로 쏙 들어가 숨어버렸다. 그리고 혜련이 남긴 그러니까 지철이 혜련의 핸드폰으로 남긴 글을 승주가 보고 전화기 너머로 절규하는 목소리가 들려왔다.

408동 1901호/ ID: 혜련 필라테스

아파트 내 무료 변호해 주는 상담실 커피 웩! 퉤! 완전 극혐!
식은 커피보다 더 혐오하는 한강 물에 탄 커피 같았음.
재방문 의사: 없음.

"이 여자가 미쳤나! 아파트 카페 게시글에 이딴 글을!"

승주의 화난 듯한 목소리가 수화기 너머로 찢어질 듯 갈라
지며 사무실 안을 가득 메웠다.

"그런데 흥미로운 건 뭔지 알아요? 그 여자 호수가 글쎄
1901호였어요. 일전에 우리가 층간 소음으로 섭외하려고 했
던 유명한의 바로 윗집 말이에요."

"1901호고 뭐고! 당장 이 여자를 찾아가 글을 내려달라
고 해야겠어요! 이렇게 글을 올리면 어떡해! 이게 다 동네
장산데!"

"아니, 그런데 승주 씨. 글을 내리면 사람들이 더 이상하게
생각하지 않을까요? 이 글을 읽은 사람이 이미 스무 명이 넘
었는데 갑자기 내리면 당연히 승주 씨를 의심하지 않겠어요?
아니면 협박 받았다고 그 여자가 다시 글을 올릴 수도 있고
말이에요. 그리고 보면 지역 커뮤니티에서 분리수거 안 되는
쓰레기 되는 건 한순간이야! 하하하."

전화기 너머로 분노로 치를 떠는 듯한 승주가 계속해서 고
함치는 소리가 커튼 밖으로 들려왔다. 신이 난 아이가 웃고

있는 것처럼 커튼이 미친 듯이 흔들리고 있었다. 인간을 놀리면서 자신의 기분을 푸는 듯한 악마 같은 지철의 모습에, 선애는 자신이 세워놓은 계획에 찬물을 끼얹는 행동을 더 이상 가만히 보고만 있을 수가 없었다.

'거의 다, 거의 다 왔었는데! 저 미친 원장 때문에…'

선애는 웃고 있는 지철이 방심한 틈을 타 커튼 속에 손을 넣어 지철이 들고 있던 핸드폰을 빼앗더니 커튼 끝을 잡고 돌려 지철을 김밥처럼 그 속에 둘둘 말아버렸다. 뭐 하는 거냐고 거칠게 반항하는 지철이 있는 커튼 끝자락을 자신의 등으로 누르며 승주에게 조심스레 말했다.

"승주 씨… 잘 들어요. 아직 우리에겐 방법이 있어요!"

"네…"

"그 손님 그러니까 혜련 씨가 5월 5일에 다시 우리 상담소에 오기로 했어요. 그때까지 무슨 짓을 해서라도 그녀의 생각을 바꾸는 게 하는 거예요. 그리고 내가 조심스럽게 게시글을 다시 올려달라고 부탁하는 거죠."

"어떻게요?"

"매일 그녀의 집을 찾아가 커피를 배달해요! 시간은 대략 오전 아홉 시가 좋겠네요. 모닝 커피가 당기는 시간이잖아요. 이유는 음… 원장님이 상담 후에 먹는 약 대신 승주 씨 커피를 매일 배달해 주는 걸로 처방해 주었다고 하면서 무료니까 걱정하지 말고 마시라고 하는 거죠. 물론 내가 문자를 먼저 보내놓을게요."

"그게 될까요? 주소는 어떻게 알았냐고 하면요? 저를 이상한 사람 취급할 거 아니에요!"

"그건 걱정하지 마세요! 혜련 씨 주소는 아까 원장님께서 핸드폰으로 검색하셔서 아셨다고 하면 돼요."

"계속 배달한다고 평가가 나아질까요?"

"그럼요. 엄마가 해주는 음식도 맛이 없더라도 점점 그 손맛에 익숙해지잖아요. 물론 승주 씨가 타준 커피가 맛없다는 건 아닌 걸 알죠?"

선애는 혹시 승주가 화를 낼 수 있으니 빠르게 변명을 했다.

"에이, 선애 씨. 맛있기는 무슨. 한강 물에 탄 커피인데요."

"그거 별말 아니잖아요. 맞아, 승주 씨도 나한테 그렇게 말한 적 있었잖아요! 그리고 잊지 마세요! 그 커피 홀더에 문구를 적어야 해요. 예를 들면 '오늘도 파이팅 힘내세요! 오늘 벚꽃이 예쁘게 피었네요' 같은 말 있잖아요. 그런 문구가 가끔 사람의 마음을 움직이거든요."

"에이~ 옛날 사람도 아니고 무슨 그런 거를 써요?"

"옛날도 그렇고 지금도 그렇고 통하는 건 통한다니까요.

저도 그랬었고…"

쓸쓸하게 웃어 보이는 선애의 표정이 어딘가 사연이 있어 보였다. 승주와의 통화를 마무리하고 커튼에 돌돌 말아두었던 지철도 다시 풀어주었다. 잔뜩 날이 선 지철이 커튼에서 나와서 말했다.

"쓸데없는 참견을 했어요, 선애 씨. 그런다고 나아질 것 같아요?"

이번에는 예전과 달라진 선애가 눈에 핏기를 세우며 말했다.

"그럼요? 뭐라도 해야죠. 원장님이야말로 왜 그러셨어요? 가만히만 계셨어도 다 자연스럽게 해결될 일들을!"

"해결은 무슨! 그분이 나보고 해결하라는 듯이 혜련 씨가 천국에 갈 방법을 상세히도 상담지에 적어주셨더라고요. 고귀하신 그분이! 그래서 속이 더 뒤틀리는 것 같았죠. 그냥 싹 다 불 질러버리고 싶었다고요 나야말로!"

"그렇다고. 어떻게 승주 씨에게 그런 짓을?"

"잊었어요, 선애 씨? 저는 악마예요. 더한 짓도 할 수 있죠. 상상을 해봐요. 아름답지 않아요? 기름 같은 혜련 씨와 불같이 타오르는 분노 조절 장애를 가진 승주 씨가 만나면 얼마나 아름다운 불꽃이 튈까. 하하하! 저는 더 이상 지옥의 신이든 사신이든 그들의 꼭두각시와 같은 일은 하지 않을 거예요."

목에 핏줄을 세우며 분노하는 지철의 모습과 반대로 선애는 차분하게 눈을 감으며 말했다.

"원장님! 그게 진정한 복수라고 생각해요? 그건 복수가 아니에요. 그들이 내 억울함을 알아야 진정한 복수죠. 저는 무조건 원장님을 지옥에 다시 돌려보내고 저도 다시 제자리에 돌아갈 거예요. 지옥에 가서 복수를 하든 타협을 하든 그건 마음대로 하세요. 아시겠어요?"

아무 말 없이 서로를 쳐다보는 시선에서 불꽃이 튀는 것처럼 보였다. 지철은 감히 악마에게 이런 모욕을 주는 것이냐는 듯 쳐다보았고 선애는 자신을 방해하면 더 이상 가만히 있지 않겠다는 듯 타오르고 있었다.

그러다 문득 지철은 선애의 눈동자에 눈물이 차 일렁이고 있음을 느꼈다. 무슨 사연이 있는 것처럼 보였다. 이제는 아무도 원하지 않는 베스탄의 귀환을 오직 그녀만이 간절히 바라고 있다는 생각에 퇴근해 보겠다고 뒤돌아선 선애의 뒷모습이 사라질 때까지 가만히 바라보고 있었다.

커피는 팀워크를 부른다

혜련과의 상담이 있고 정확히 2주 뒤 머리를 산발한 여자가 상담소 문을 박차고 들어왔다. 마치 누가 쫓아오는 걸 피하는 것처럼 황급히 상담실 책상에 쭈그리고 앉았다. 그녀의 얼굴은 벌겋게 상기되어 있었는데 고개를 연신 두리번거리다가 책상에 서있던 선애와 눈이 마주치자 울먹이기 시작했다.

"혜련 씨?"

"선애 씨, 저 어떡해요. 큰일 났어요."

지철은 벨벳 커튼 속에서 뜨거운 햇살의 온도를 손끝으로 느끼며 창문 밖을 바라보고 있었다. 작년보다 더 뜨거운 여름이 다가오고 있다는 소식에 약간 흥분되어 있던 상태였다.

"생각보다 빨리 왔는데…"

선애가 타준 커피를 마시며 지철은 곰곰이 생각에 잠겼다. 밖에서는 혜련이 말없이 우는 소리와 선애가 혜련을 달래주는 소리가 들려왔다.

"아니, 혜련 씨. 무슨 일이 있었던 거예요?"

"흑흑흑… 도저히 창피해서 말을 못 하겠어요."

혜련은 선애 앞에서 아무 말도 못 하고 울고만 있었지만, 코발트 벨벳 커튼 속에 있었던 지철은 혜련이 말할 대사를 이미 아는 것처럼 그녀의 목소리를 흉내 내고 있었다.

"사랑에 빠졌어요. 그 커피 못 타는 남자와!"

모든 건 지철의 계획에 있었다. 혜련이 자신이 기름과 같은 사람이기 때문에 어떤 사람이 커피를 타도 맛이 없었을 거라는 말에 지옥에서 자신이 했던 일들이 불현듯이 떠올랐다.

"기름 같은 사람도 사랑하는 사람이 타주는 커피라면… 맛없을 리가 없지."

사랑이라는 묘약에 빠진 천사가 결국 눈도 잃고 입맛도 잃는 걸 지옥에서 수없이 봐왔다. 지옥에서는 매력적인 악마의 모습으로 천사를 유혹했다지만 인간 세계에서는 인간들이 어떻게 사랑에 빠지게 하는지 미지수였다. 그래서 지철은 선애에게 맡기로 하고 미끼를 던졌던 것이었다.

커피는 팀워크를 부른다

그녀는 인간 세계에서 가장 처절하고 잔인하게 사랑을 했고 결국 상처받아 천국으로 향하는 티켓마저 찢어버리고 이제는 복수를 꿈꾸고 있는 사람이었으니까 적임자라는 생각이 들었던 것이었다. 그렇게 지철은 지옥에서 그랬던 것처럼 선애를 벼랑 끝으로 몰아넣었고, 선애는 자신도 모르게 승주에게 자신이 사랑에 빠졌던 순간의 기억을 알려주게 되었던 것이었다.

'커피에 적는 사소하지만 친절한 메모.'

분명 시작은 아주 사소한 메모였을 것이다.

'오늘의 날씨가 좋네요', '밖에 비 오는 데 우산을 쓰고 가세요' 등의 흔한 안부를 묻는 문구였지만, 그 메시지를 매일 받는 혜련은 어느새 승주가 자신에게 관심 있어 남기는 메시지가 아닐까? 하는 착각을 하게 되었다. 그때부터 승주가 탄 커피가 어떤 날은 너무 뜨겁고 달콤하게 느껴지고, 커피 배달이 늦어지는 어떤 날은 차갑고 씁쓸하게 느껴졌을 것이다. 물론 승주는 아파트 카페 게시판 자기 커피 맛의 평판을 뒤집기 위해 그녀를 최대한 친절하게 대했을 것이고.

그에 대한 결과는? 오늘 혜련이 자신의 사무실에 찾아온 것으로 알 수 있었다. 지철은 벨벳 커튼에서 나와 선애에게 다 마신 커피를 주기 위해 자연스럽게 사무실 문을 열고 나갔다. 혜련이 이제 겨우 진정한 듯 선애에게 자신의 이야기를 고백하고 있었다.

"제가… 오늘 승주 씨에게 고백하고 말았어요. 좋아한다고! 그랬더니 승주 씨가 엄청나게 당황해하면서 들고 온 커피를 놓고 뒷걸음 치시는 거예요. 저와 같은 마음일 줄 알았는데 당황한 승주 씨를 보니까 아니라는 걸 알았죠. 선애 씨, 저 어떡해요? 죽고 싶어요. 저 이제 승주 씨를 어떻게 봐요. 저… 이사 가야 할까 봐요."

"진정해요, 혜련 씨. 승… 승주 씨도 너무 당황해서 그런 걸 거예요. 마음이 없었으면 미안하다는 둥 사과를 했겠죠. 도망가진 않겠죠?"

"제가 너무 싫었을 수도 있잖아요? 이렇게 엉망진창인 저를 누가 좋아해요? 예전에 저라면 모를까…"

울어서 퉁퉁 부은 눈의 혜련은 손가락 마디마저 살이 쪄 에어캡 포장지처럼 퉁퉁해진 자기 손가락 마디를 누르며 말했다. 한심한 듯 그 모습을 보던 지철이 말했다.

"그러면 다시 예전으로 돌아가면 되겠네요. 승주 씨가 호감이 있다는 느낌이 있었다면서요?"

"아! 원장님, 안녕하세요? 다 듣고 계셨나요? 갑자기 더 부끄러워지네요… 네. 분명 그런 느낌이 있었는데 제 착각이었을 수도 있어요."

"뭐 그런 느낌이 착각이었다 해도 승주 씨에게 대한 마음은 착각이 아니잖아요? 막무가내 고백을 돌릴 수 있는 일도 아니고. 다시 도망갈 거예요? 예전처럼?"

"아니요…"

혜련을 거칠게 다그치는 지철의 말에 선애는 깜짝 놀라 말했다.

"혜련 씨, 원장님 말씀은 그 뜻이 아니라 처음으로 자신이 맞선 감정에 대해서 결론을 내보라는 뜻이에요. 그러니까 음… 그러니까… 그렇게 도망가지 말고 할 수 있는 건 다 해 봐야 속이 후련해지지 않겠어요?"

"승주 씨가 그래도 아니라고 하면요?"

"그럼 혜련 씨도 아니라고 해요. 다른 남자 만나면 되죠. 세상에 얼마나 멋진 남자들이 많은데. 상상해 봐요. 예전처럼 자신 있던 모습으로 돌아간다면 지금의 남편 말고 다른 남자 만난다는 여자들도 많잖아요."

"과연 제가… 할 수 있을까요?"

"그럼요. 이곳에 와서 혜련 씨의 마음을 누군가에게 그러니까 심지어 악마 같은 이런 분에게 고백할 용기라면 무엇이든 할 수 있다고 봐요."

선애는 손가락으로 지철을 가리키며 말했다. 망설이는 혜련을 다독이는 선애의 모습은 감춰진 자신의 목표를 이루기 위해 물속에서 고군분투하는 백조의 다리와도 같아 보였다. 그런 모습을 지켜보던 지철은 자신이 몇 마디 했을 뿐인데 원하는 대로 흘러가는 이 상황에 흡족해져 한마디를 보탰다.

"그리고 만약 혜련 씨가 예전의 모습으로 돌아간다면 저 역시 혜련 씨에게 선물을 하나 할게요."

"선물이요?"

"당신을 평생 괴롭혔던 기억을 새로운 추억으로 바꿔드릴게요."

"네?"

지철은 혜련에게 노란 포스트잇 종이와 빨간 펜을 건넸다. 그리고 그곳에 혜련의 고등학교 때 학교 폭력을 저질렀던 가해자들의 이름을 적어달라고 부탁했다. 자신은 묵인할 수밖에 없었지만, 평생 가슴에만 오롯이 박힌 그 이름들을 빨간 펜으로 적어보았다.

"김경미, 조아란, 심성미."

혜련은 그들의 이름을 빨간 펜으로 적는 것만으로도 두려움인지 흥분인지 모를 감정이 자신을 휘감는 게 느껴졌다. 그래서 지철에게 그들의 이름을 건넬 때는 손이 부들부들 떨리는 것 같았다. 종이를 받아 든 지철은 씩 웃더니 자신의 검은 배스 가운 주머니에 구겨 넣고 말했다.

"이 종이가 어떤 선물로 바뀔지는 다시 오실 때 보여드릴게요. 이제 당신은 인생을 바꿀 동기가 생긴 거예요. 도망간 사랑을 쟁취하기 위한 열정과 자신을 평생 괴롭힌 기억에 대한 복수 말이에요. 그 모든 것이 당신 안에 있던 기름과 같은 감정을 찌꺼기도 없이 불태워 버리길 바랄게요. 뭐, 아니어도 저는 상관없어요. 어차피 기름처럼 찌들며 사는 건 당신 인생이잖아요, 하하하."

소름 끼치게 웃는 지철의 웃음소리에 혜련의 눈동자가 순간 번쩍하고 빛나기 시작한 것 같았다. 그러더니 5월 5일 예약을 6월 25일로 바꿔달라고 선애에게 말하면서 짐짓 살과의 전쟁터로 향하는 비장한 군인의 모습을 하고 사라졌다. 선애는 지옥에 가기를 포기한 듯 보였던 어두웠던 지철의 바뀐 모습에 어리둥절했다.

"원장님, 앞으로 그들이 시키는 일은 안 할 거라고 하셨잖아요. 다 망칠 것같이 하시다가 왜 갑자기 이렇게…"

갑자기라는 말과 동시에 어느새 지철은 선애에게 다가와 그녀의 귀에 대고 속삭였다.

"선애 씨가 이렇게 맛있는 커피를 타주는데 그 값은 해야 할 것 같아서요."

그러곤 지철의 손에 들려있던 빈 커피 잔을 선애의 손 위에 툭 하고 올리고 사라졌다. 얼굴이 벌게진 선애는 지철이 두고 간 빈 커피잔에 쓰인 글씨를 아무 말 없이 쳐다보고 있었다.

"오늘은 비가 온대요. 퇴근할 때 제 우산 가져가요!"

지철은 악마 베스탄으로서 지내오면서 인간들이 제일 고통스러워하는 것들을 찾아내 괴롭혀 왔다. 이번엔 반대로 인간이 가장 좋아하는 한 가지를 이용해 더한 고통을 줄 수 있다는 걸 깨달아 기분이 좋아진 상태였다.

"다음 계획은 좀 더 수월하게 진행할 수 있겠어! 내가 왜 이 생각을 미리 못 했지?"

지철은 패딩 주머니 속에 손을 넣어 가해자들이 적혀있는 노란 포스트잇을 힘껏 구겨버렸다.

"선애 씨, 커피가 오늘은 좀 늦네요."

지철은 다른 때와 다르게 늦어지는 커피를 마시기 위해 자신이 좋아하는 커튼에서 나와 선애를 기다리다가 마지못해 사무실 문을 열고 나왔다. 지철의 눈앞에 얼굴이 사색이 되어 핸드폰만 들여다보고 있는 선애의 모습이 보였다.

"선애 씨, 무슨 일 있나요?"

"아니, 그게 원장님. 제가 승주 씨와 혜련 씨의 일 때문에 잊어버리고 있었던 일이 있더라고요."

"어떤?…"

"대외비요."

"아 그 대외비를 쓰지 못하면 자리를 빼기로 한 사신 K와의 내기…"

"맞아요. 새까맣게 잊어버리고 있었는데, 사신 K에게 내일까지 자리 빼라는 연락이 왔어요. 저 어떡해요? 원장님, 저 이렇게 허무하게 돌아갈 순 없어요. 저 좀 도와주세요. 제발!"

울먹이는 선애를 지철은 차갑게 쳐다만 볼 뿐 아무런 대답을 하지 않았다. 오히려 선애가 이곳에서 사라진다면 조용해질 사무실을 상상하는 것처럼 미소를 지어 보였다. 얼마 전 자신에게 다정했던 지철의 모습에 실낱같이 가졌던 희망이 산산이 부서지는 것 같은 느낌이 들었다.

"됐어요. 원장님께서는 제가 없어지면 좋으시겠죠. 시끄럽게 옆에서 떠드는 사람이 사라지니까 말이에요. 그런데 저 여기까지 와서 쉽게 포기하지 않아요. 방법을 어떻게든 찾아내겠어요."

선애의 말이 끝나자마자 갑자기 지철의 핸드폰이 울리기 시작했다. 지철은 태연하게 전화를 받았다.

"아… 승주 씨! 선애 씨가 전화를 받지 않아서 나한테 했다고요? 맞아요. 지금 선애 씨가 전화를 받을 상황이 아니라서. 뭐 그렇게 심각한 일은 아니고 걱정할 필요는 없어요. 그래요. 혜련 씨가 게시물을 내리고 심지어 커피를 추천한다고 글을 다시 올려줬다고요? 잘됐네요. 원래 항의한 사람의 마음을 돌리면 열성적인 팬이 되곤 하죠. 아, 미안한데 전화로는 상담하지 않아서. 그래요. 조만간 사무실에 방문하겠다고요? 그럼 그렇게 해요. 선애 씨에게 그것만 전해주면 되는 건가요? 알겠어요. 그럼…"

지철이 승주와 전화를 끊자마자 선애는 원망스럽다는 듯이 따지기 시작했다.

"심각한 일이 아니라고요? 어떻게 원장님께서는 그렇게 말씀하실 수가 있어요?"

"아무래도 승주 씨가 해답을 준 것 같네요."

"네?"

"럭셔리라는 글씨가 적혀있는 커피 머신 비용 미리 낸 거 안 돌려줘도 된다고 하던데요? 그거 다시 가지러 온다고요.

손님들이 많이 와서 커피 머신이 하나 더 필요하데요."

"그런데요?"

"그 커피 머신 산 영수증 아직 갖고 계시죠?"

"그럼요! 여기 이렇게 혜련 씨 작전 성공하려면 돌려주려고 이렇게…"

선애는 자신의 손의 들려져 있는 영수증의 날짜를 빤히 쳐다보았다.

3월 31일 23:59. 럭셔리 커피 머신 450,000원

사신 K와 내기를 한 마지막 날을 턱걸이한 영수증에 찍힌 시간에 선애는 소름이 돋았다.

"그렇지만 커피가 저희의 팀워크 비용이라고 할 수 있나요?"

"그거야 우리가 주장하기 나름이죠. 팀워크가 뭐 별건가요? 선애 씨와 제가 이렇게 커피로 끈끈한 우정이 생긴 것도 승주 씨가 혜련 씨와 우정을 뛰어넘는 사랑이 생겨가는 것도 다 커피 때문에 아닌가요?"

"맞아요! 그건 우리가 정하기 나름이에요! 그렇죠. 비용처리가 늦어져서 죄송하다고 하면서 이번 달에 청구하면 되겠네요. 날짜는 3월이 명확하게 찍혔으니까. 원장님, 역시 천재세요!"

선애는 기쁜 마음을 주체하지 못하고 자신 옆에 서있던 지

철을 와락 껴안고 말았다. 당황한 지철이 황급히 선애를 밀어냈지만, 그녀의 갑작스러운 행동에 불쾌해서였는지, 커피를 마시지 못해서 속이 울렁거리는 건지 모를 이상한 느낌을 받았다. 그런 당황한 지철을 아는지 모르는지 선애는 신이 나서 사신 K의 전화번호를 눌러 전화를 걸었다.

"사신 K님, 저 선애예요. 이번 달 특별 청구 금액이 있어서 예상 비용을 문자로 보냈어요. 확인 부탁드린다고요. 네? 이상한 비용이 있다고요? 팀워크 비용이요. 제가 바빠서 청구를 깜빡했더라고요. 네, 저희가 그 커피를 마시면서 회의도 하고 상담도 하고 유명한 무료 상담소에 분점도 냈거든요. 그게 바로 팀워크의 효과 아니겠어요? 호호호, 그럼요. 아직 청구한 건 아니지만 이번 달… 내로."

"말도 안 돼!"

얼굴이 벌겋게 상기된 사신 K가 불현듯 상담실 문을 열고 들어왔다. 그의 한쪽 손에 들린 핸드폰은 아직 선애와의 통화 여운이 남은 듯이 바들바들 떨리고 있는데 다른 한 손에는 명한을 지옥에 데려가지 못한 벌로 받은 듯한 상당히 많은 양의 서류를 들고 있었다.

눈에 띄는 누구든 가만두지 않을 것 같은 사신 K의 모습에 놀란 선애는 지철의 등 뒤에 숨었고 지철은 화가 난 사신 K의 모습이 매우 흥미롭다는 미소를 짓고 있었다.

"지철 아니 베스탄! 너 미친 거 아니야? 지옥의 신에게 죽을 사람이 명부에서 지워진 것도 인간 세상에 적응 못 한 악마의 뒤치다꺼리를 하느라 바빠서 그랬다고 겨우 설득해 놨는데 이제 쓸데없는 비용까지 청구한다고? 너는 나를 뭘로 보는 거야?"

"너야말로 나를 너무 무시한 거 아니야? 천국에 갈 방법을 친히 적어주고 말이야. 왜? 혜련이라는 인간을 통해서 사고라도 치게 하면 그걸 무마하면서 지옥의 신에게 나를 움직일 수 있는 건 오직 사신 K밖에 없다고 주장할 생각이었나?"

"그걸… 어떻게?"

"너무 급하게 썼더라고 천국에 갈 방법을 내가 놓칠까 봐 UPDATE에 * 표시까지 말이야. 네놈이 다급해서 무리수를 놓을 때 쓰는 방법이잖아. 잊었어? 선애 씨가 오기 전에는 너와 나, 문자를 자주 한 사이잖아?"

"그래서… 베스탄! 이번엔 나를 엿 먹이려고 팀워크 비용을 청구하시겠다, 이거야?"

"그거야 네가 하는 행동에 달렸지?"

"뭘 원하나? 정확히 말해. 돌려서 말하는 네놈의 말투는 딱 질색이니까!"

"선애 씨를 이곳에 그대로 두고, 네놈이 나에게 보내려고 했던 문자를 그대로 보내!"

"그게 뭔데? 나는 네놈한테 보내려고 한 문자가 없어."

"있잖아. 내가 너에게 마지못해 연락해서 부탁하면 보내주려고 미리 조사한, 혜련을 회피형 인간으로 만든 가해자들의 연락처 말이야. 그래서 그렇게 무리수를 둔 거 아니었어? 네가 내 위에 있다는 걸 깨닫게 해주려고 말이야."

"없어! 있다 해도 내가 왜 그깟 별것도 아닌 비용 때문에 너에게 두 가지나 내주어야 하지?"

"글쎄. 그 이유는 네가 더 잘 알 텐데… 지옥의 신이 제일 싫어하는 게 필요 없는 지출이라는 거, 너도 들어봤지? 그 소문 말이야. 어떤 악마가 업무가 너무 고단해 에너지 음료를 마시고 이것도 업무의 필요한 비용이라고 청구했다가 어떻게 된 줄 알아? 그 악마뿐 아니라 그 악마의 편을 들어주던 동료들마저 지옥 불에 던져졌지. 단돈 1,050원이었는데 말이야. 너는 45만 원이니까 450번 정도 던져질 텐데. 괜찮겠어?"

"내가 지금 너 때문에 어떤 일을 하고 있는데…"

사신 K는 지철의 질문에 아무런 대답도 하지 못한 채 지철을 째려볼 뿐이었다. 그의 손에 들려있던 서류들이 사시나무처럼 떨리자, 사신 K의 목소리로 그 안에 적혀있는 사람들에게 죽음을 종용하는 것 같은 소리가 들려왔다.

"네 머릿속의 그 일은 끝나지 않을 거고, 너는 계속 그 지옥 같은 곳에 갇혀있게 될 거야 그러니까 나와 같이 가자! 나와 같이 가면 너의 그 고통도 모두 끝날 거야!"

마치 칠판을 긁는 듯한 소름 돋는 소리가 떨어진 서류 안에서 시작돼 울려 퍼졌고 사신 K는 떨어진 서류를 황급히 집어들었다. 그랬더니 마치 아무 일도 없었다는 듯 조용해졌다. 그리고 얼마 후 사신 K는 결심이 선 듯 지철을 보고 말했다.

"그래 그렇게 하지… 그렇지만 네가 오늘 한 선택을 반드시 후회할 날이 올 거야."

"글쎄. 악마는 절대 후회하지 않지. 그들이 살고 있는 곳은 필요 없어. 연락처만 나에게 보내."

"그래, 그러도록 하지."

사신 K는 자신의 핸드폰에 저장되어 있던 전화번호를 지철에게 전송하고 씁쓸한 미소를 지으며 사라졌다. 지철의 뒤에서 땀으로 흠뻑 젖은 두 손을 움켜쥐며 서있던 선애가 물었다.

"원장님, 나중 일이 무섭지도 않으세요? 저는 저렇게 사신 K가 화난 거 처음 봐요. 분명 뒤끝이 있을 것 같은데 어떡해요?"

"사신이 무서워 봤자죠. 악마에게 두려움의 대상은 지옥의 신밖에 없습니다. 그럼 전 이만."

돌아서는 지철을 향해 선애가 물었다.

"아니, 원장님. 그들의 연락처 갖고 뭘 하려고…"

"글쎄요. 아주 재밌는 선물이요, 하하하."

지철은 받은 그들의 연락처를 핸드폰에 저장하더니 단체 문자를 보냈다.

> **[필라테스 2주년 특별 이벤트 당첨]**
> 6월 한 달간 이 문자를 받으신 분들에게 혜련 필라테스 1:1 개인 수업 무려 6회의 체험 기회를 드립니다. 참여를 원하시면 6월 6일 오후 여섯 시까지 문자 회신해 주세요.

사람은 쉽게 변하지 않는다

쿵쾅쿵쾅. 조용한 지철의 사무실에 요란한 망치 소리가 울렸다. 코발트색 벨벳 커튼에서 단잠을 자고 있던 지철은 요란한 소리에 잠에서 깨 눈을 비비며, 소리의 근원지를 찾아 응접실로 나왔다. 지철이 나온 문 바로 옆에서 카키색 작업복을 입은 머리가 하얗게 센 남자가 검은색 페인트칠을 하고 있었다. 선애는 그의 옆에서 조잘조잘 수다를 떨며, 직접 타 온 커피를 건네고 있었다.

"아니, 엄청 빠르세요. 상담소 정문이 고장 났다고 채소마켓에 방금 올렸는데 이렇게 빨리 오실 줄은 몰랐어요."

"하하하, 그런가요? 제가 마침 근처에 작업할 게 있어서…"

"이렇게 서비스로 페인트칠까지 해주시고… 감사해요. 자, 여기 커피 마시고 하세요."

"아닙니다. 괜찮습니다. 그런데 요새는 이런 인테리어가 유행인가 봐요. 얼마 전에 방문했던 유명한 씨 법률 사무실도 이렇게 벽지와 문을 다 검은색으로 인테리어를 하셨더라고요. 혜련 필라테스도 그렇고. 이제는 우드 앤 화이트가 아니라 다크 앤 다크가 유행인가 봐요?"

"아… 그런가요? 그것 참 우연이네요."

"그분들이 그러더라고요. 이렇게 검은색으로 둘러싸인 공간에 앉아있을 때 왠지 모를 편안한 안정감이 느껴진다고요. 그래서 그렇게 바꿨다고 하던데… 요즘 손님 없으시죠? 사실 상담이라는 게 법률 상담을 받으면서 할 수도 있고 운동을 하면서도 받을 수 있는 거잖아요? 애먼 곳에 손님 뺏기고 계신 건 아닌지 걱정이 되네요."

"뭐 그렇긴 한데… 원래 저희 상담소는 손님이 딱히 없었던지라 굳이."

"아니에요. 그렇게 손 놓고 계시다간 손님 다 뺏겨요. 어떤 조치를 빨리 취하지 않으시면…"

아무 예고 없이 자신의 낮잠을 깨운 상황에 화가 난 것처럼 보이는 지철은 카키색 작업복을 입은 늙은 남자를 뚫어지게 쳐다보고 있었다. 선애는 그런 지철을 눈치채고는 황급히 다가와서 말을 걸었다.

"아, 원장님! 눈 좀 그렇게 뜨지 말라니까요. 이분이 오해 하시겠어요. 사무실 문 좀 고치려고 사람을 불렀거든요. 왜 얼마 전에 제가 문 열 때마다 '끼익' 나는 소리가 신경 쓰인다 고 저 사무실도 못 들어오게 했잖아요. 그래서 혹시 몰라 채 소마켓에 기술을 무료로 나누실 분 있냐고 조심스럽게 올렸 는데, 이렇게 직접 오셔서 고쳐주실 줄이야. 심지어 완전 능 력자! 저 울 뻔했잖아요. 원장님 아시죠? 이번 달 예산 빠듯 한 거. 그러니까 조금만 참으시면…"

지철에게 구구절절 설명하는 선애를 뒤로하고, 무표정한 표정을 한 지철은 페인트칠 작업을 마무리하는 남자를 향해 조용히 걸어갔다.

"변한 게 없군요… 당신. 남의 일에 왈가왈부하는 게 말 이야."

"이렇게 다시 뵙네요. 원장님. 제가 분명 다시 볼 거라고 말했죠?"

마치 구면인 듯 보이는 두 사람 사이에 묘한 기류가 흘렀 다. 지철은 그의 말에 심기가 불편해진 듯 입술을 쌜쭉 내밀 었다.

"민철 씨, 아직도 여기저기 악플을 달고 있는 건 아니겠지?"

"글쎄, 무슨 말씀을 하시는 건지…"

태연하게 지철이 하는 말이 무슨 말인지 모르겠다며 다시 페인트칠하기 시작한 민철은 지철이 보이지 않게 뒤를 돈 후, 씨익 하며 웃었다. 어둠 속에서 금니 두 개가 반짝하고 빛났다. 궁금증을 자아내는 두 사람의 대화에 선애가 불쑥 끼어든다.

"원장님? 아시는 분이에요?"

"그렇다고 할 수 있죠. 제가 악마의 상담소에서 처음으로 상담한 내담자였죠. 그리고 저에게 인간은 절대 변할 수 없다는 걸 알게 해준 사람이기도 하고요. 구민철 씨. 절대 잊을 수가 없죠."

"아뇨. 저는 원장님과의 상담으로 완전히 바뀌었어요. 다른 인간으로 말이죠."

양처럼 평온한 듯 보였던 민철은 지철과 눈이 마주치자마자 순식간에 이리의 눈빛으로 바뀌었다. 입가엔 옅은 웃음을 띠며, 선애를 향해 천천히 다가가며 기다렸다는 듯 자신의 이야기를 하기 시작했다.

"상담소에 오기 전에 저는 저밖에 모르는 오만한 사람이었어요. 사람들을 감정 없이 대했다고 해야 하나? 감정이 아예 없어졌다고 해야 하나? 처음에 저도 열정 많은 신입 사원이 었어요. 맡은 일은 그냥 앞만 보고 열심히만 하는 불도저 같은 사람이었어요. 하지만 사회는 그런 사람보다 남들의 에너지를 빼앗아 자기 능력으로 바꿔 채우는 사람들이 오히려 더 빠르게 승진했죠. 그러다 보니 배운 게 도둑질이라고 저도 대리를 달고 차장, 부장 자리에 오르다 보니 오히려 감정 없이 사람들을 대하는 게 더 편하게 느껴지기 시작했어요. 아시죠? 그들을 채찍질해야 내가 살아남을 수 있으니까 말이에요. 그래서 직원들을 부속품처럼 대했어요. 그 자리에 맞지 않으면 감정 하나 담기지 않은 독설을 뱉었죠. '이게 일이라고 한 거냐?', '너를 대체할 사람은 쌔고 쌨다'라고 하면서 말이에요."

"그런데요?"

"그런데 퇴직하고 보니, 제 주변에 아무도 남지 않은 거예요. 멋진 부품이라고 생각했던 제가 이제 튕겨져 나온 나사가 되어버린 거죠. 제 옆엔 늘 숨 쉴 곳조차 없었기 때문에 직장 동료도 친구도 가족들까지 모두 저에게 튕겨 나간 지 오래였죠. 그렇게 여기저기 떠돌아다니다가 이곳에 오게 되었죠. 악마의 심리 상담소라는 곳에."

민철은 과거에 기억이 떠오르는 듯 응접실 주변을 훑어보았다. 그 모습을 본 지철이 입꼬리를 오른쪽으로 올리며 말했다.

"그래서 제가 제안했죠. 그렇게 하릴없어 죽을 날을 기다리며 빈둥거리지 말고, 인테리어 회사에서 일했던 경력을 살려서 취업 준비생들 취업 상담을 해주라고 말이죠. 두 번의 상담으로 민철 씨야말로 다른 결론을 맞이할 수 있겠다 싶었죠. 하지만…"

지철이 눈썹을 찌푸리며 민철을 쳐다보자, 민철은 마치 자신의 차례를 기다렸다는 듯 말하기 시작했다.

"개 버릇 남 못 준다고 점점 취업 준비생들이 던지는 질문에 독설로 대답하기 시작한 거예요. 영어 질문이 나오면 어떡하냐는 등 회사를 어떻게 찾아가야 하냐는 등 쓸데없는 질문을 던지는데 도저히 참을 수가 없더라고요. 그런 태도로 무슨 면접이냐? 때려치워라, 세상에! 너 같은 애는 쌔고 쌨다! 점점 수위가 센 답변을 올리기 시작했고 그럴 때마다 제가 살아있다는 느낌이 들었달까? 비록 집에서 아무 일도 하고 있지 않지만, 그들보다 내가 낫다는 우월감을 느꼈달까? 아무튼 알 수 없는 희열을 느끼기 시작했어요."

그때의 행복한 기분이 떠오르는 듯 민철은 뿌듯하게 웃고 있었지만, 지철은 그런 그를 보며 고개를 저었다.

"그리고 세 번째. 제가 다시 민철 씨를 만났을 때에는 이미 악플에 중독이 된 상태였죠. 그러면서 자신이 인테리어계의 거장인 것처럼 거짓말까지 꾸며내고 있었어요. 익명이라는 암막 커튼 뒤에 숨어, 이제는 자신이 뱉는 말들이 진짜라고 믿게 되었죠. 심각한 리플리 증후군 증상이었죠."

민철은 지철이 아무것도 모른다는 듯 반박을 했다.

"그건 아니죠. 원장님! 저는 그들이 보지 못하는 걸 알려 준 것뿐이라고요. 그리고 한번 제가 뱉고 나면 어차피 그게 진짜인지 가짜인지 더 이상 중요하지 않아요. 이미 모두에게 기정사실이 되어있으니까. 그래도 나름 저도 노력했잖아요. 악플 다는 걸 그만두려고 했어요. 진짜예요. 마지막으로 그래서 당신에게 부탁하려고 그랬는데…"

민철은 선애에게 말하다가 그동안의 억울한 사연이 불현듯 생각난 듯 페인트칠하던 붓을 던지며 지철의 코앞에서 따지기 시작했다.

"내가! 다시 악플을 못 달게 해달라고, 당신에게 그렇게 빌었는데. 이곳에서 꾸준히 상담받게 해달라고! 그런데 감쪽같이 사라져 버렸잖아! 내가 몇 번이나 이곳에 찾아왔는데… 공터였다고! 당신은 나를 그냥 방치한 거야! 상담사라는 사람이 말이야!"

"아니지. 나는 안 거야! 세 번의 상담만으로도 당신은 가망이 없다는 걸."

"아니야! 나는 당신이 만약 상담만 해줬다면, 아니 당신이 내 아이디를 다 실명으로 몰래 바꾸지만 않았어도 악플을 달다가 마녀 사냥 당할 일도 없었다고! 내 신상이 털리고 행복했던 기억들이 악몽으로 바뀌는 게 얼마나 찰나였는지 당신이 알아? 당신은 나를 지옥에 아니 지옥 불에 던져두고 도망간 거야! 이 악마 같은 인간!"

말이 끝나는 순간, 그동안 참아왔던 감정을 표출하듯 민철은 순식간에 지철에게 달려들어 지철의 목을 조르기 시작했다. 깜짝 놀란 선애는 민철에게 달려가 지철의 목을 조르는 그를 저지하려고 했지만 역부족이었다. 민철에게 목이 졸려 목소리가 잘 나오지 않았지만, 지철은 차갑게 이를 드러내며 웃으며 말했다.

"미친 인간. 크크크 지… 지옥? 같… 았다고? 진짜 지옥은 네가 다른 사람에게 주고 있었어! 내가 너를 보내고 얼마나 후회했는지 알아? 너 같은 인간을 지옥에 보내지 못한 걸 말이야!"

"웃기지 마! 나는 그들 자신이 차마 자기 자신에게 하지 못한 말을 대신해 준 거야. 오히려 내가 구세주라고. 지옥? 보낼 수 있다면 보내봐! 하지만 결국 내가 가게 될 곳은 지옥이 아니라 천국이야! 위에 있는 분들이야말로 그동안 내가 한 일들의 노고를 알아주시겠지. 하지만 그전에 네가 먼저 지옥에 가게 될걸? 내가 그렇게 만들 테니까!"

지철의 목을 더 힘껏 조르던 민철은 자신을 막는 선애를 뿌리치려고 왼손을 휘둘렀는데, 그사이 지철이 자기 오른손을 펴 민철에게 뻗었다.

"지옥에 가는 게 그렇게 소원이라면 지금 내가… 보내… 주지."

지철이 자신의 오른손을 민철의 얼굴 위로 펼쳤다. 순간 보라색 섬광과 함께 지철의 목을 조르던 민철이 사라졌다. 민철이 휘두르던 손에 넘어진 선애는 갑작스럽게 벌어진 상황에 울먹이며 물었다.

"원장님! 민철 씨! 어디 간 거예요? 구민철 씨!"

선애는 애처롭게 민철을 불렀다. 하지만 아무런 대답도 들려오지 않았다.

"선애 씨 그만해요. 어차피 지옥에 갈 인간… 지옥으로 보내버렸어요."

"그러면 안 되는 거잖아요. 원장님은 지옥에 갈 사람을 천국에 보내기 위해 여기 온 거잖아요. 그런데 지옥에 보내버리면 어떡해요."

"벌을 받겠죠. 아니 영원히 지옥으로 돌아가지 못할지도…
몰라요."

"안 돼요! 그럼 저는 어떡해요?"

울먹이는 선애의 목소리에 지철은 아무 말도 하지 못하고
순간 정적만이 흘렀다. 그리고 몇 분이 흘렀을까? 마치 이 상
황을 지켜보고 있었다는 듯이 지철의 핸드폰이 요란하게 울
리기 시작했다. 검은색 핸드폰 화면에 핏빛처럼 빨간색으로
찍힌 번호가 그 발신자를 말해주고 있었다.

'지옥의 신.'

지철이 전화를 받자마자 찢어질 듯한 목소리가 전화기를
넘어 상담실까지 울렸다.

"베스탄! 도대체 무슨 짓을 또 한 것이냐?"

지옥의 신의 목소리에 놀라기는커녕 얼음을 끼얹은 듯 차
분한 목소리로 지철은 말했다.

"안녕하세요. 지옥의 신님. 친히 미천한 놈에게 직접 전화
를 걸어주시다니 영광입니다."

"아니! 생명이 아직 남아있는 인간을 이곳에 보내면 어떻
게 한단 말이냐!"

"아니죠. 지옥의 신님. 저는 오히려 그를 도와준 겁니다.

아시잖아요. 그 인간은, 아니 그 짐승은 어차피 이 인간 세계에 남아있어 봤자 마치 자신이 신이 된 것처럼, 그가 남기는 혐오와 증오의 표현이 더 많은 희생자를 만들었겠죠. 그러다 그 죄로 인해 타 죽을 운명이었다고요. 하지만 저는 그런 그에게 아픔 없이 사라지는 구원을 베푼 것뿐… 그가 감수해야 할 것은 처참한 죽음 대신 지옥에 조금 일찍 도착한 것뿐입니다."

"그건 네가 정하는 게 아니라 우리 신들이 정하는…"

"물론, 그러시겠죠. 이제부터 그를 위해 신들이 정하는 일을 하시죠. 저는 이곳에서 제가 할 수 있는 유일한 일을, 그러니까 지옥에 갈 사람을 미리 지옥에나 먼저 보내는 일을 할 테니까요."

"베스탄!! 네 이놈!"

상담소 창문 밖에 천둥이 치는 듯, 번쩍거리며 요란한 소리가 났다.

"아니다. 그냥 이곳을 지옥으로 만들까요? 어차피 제가 봤을 때 이곳이 지옥보다 더 끔찍하게 변해가는 것 같은데 말이에요. 어떠세요? 제가 이곳을 지옥으로 만들면 당신이 있는 그곳은 지옥이 아닐 테고, 그곳에 있는 당신도 더 이상 지옥의 신이 아닐 테죠."

"그게 무슨… 말도 안 되는…"

"왜요? 제가 못 할 것 같으세요? 방법은 생각보다 쉬워요. 이미 그들은 지옥에 살고 있거든요. 지옥의 신님은 인간들이 지금 어떤 세상에 살고 있는 것 같으세요? 지옥보다 조금 더 나은 세상? 열심히 일하면 성공하는 세상? 둘 다 틀렸어요. 그들은 끝도 없이 자기를 증명해야 하는 미로 속에 갇힌 세상에 살고 있어요. 하지만 그들이 왜 이렇게 힘들게 살아가는 줄 알아요? 이렇게 하다 보면 언젠가 자신을 비추는 빛에 닿을 수 있다고 믿고 있기 때문이에요. 하지만 대부분 결국 보이지 않는 그 끝에 좌절하거나 지쳐버리고 말아요."

"그래서 내가 그들에게 천국에 갈 수 있는 빛을 주라고 너를 이곳에 내려 보낸 것 아니냐?"

"글쎄요. 그들이 직접 볼 수 없는 한 그건 결국 허상에 불과해요. 만약 제가 그들에게 '당신은 어차피 지옥행이야!'라고 귀띔이라도 해준다면? 이렇게 열심히 했는데, 내 끝이 지옥이라고? 그때부터 인간 세계 자체가 희망 없는 지옥이 되어버리는 거예요. 열심히 해봤자 소용없으니까. 그럼, 당신도 더 이상 지옥에서 신도 아닌, 쓸모없이 버려진 악마에 불과하겠죠. 저처럼 말이죠."

지철은 그동안 쌓였던 울분을 그에게 쏟아내듯 토해냈다.

지옥의 신은 당장 무슨 사고라도 칠 듯 따지는 지철의 목소리에 당황한 듯 변명하기 시작했다.

"버려진 악마라니… 그건 아니다. 나는… 지옥의 질서를 바로잡아야 했어. 그래서 시간이 필요했던 거야! 신들이 네가 야기한 혼란을 잊고, 모든 걸 다시 복구할 시간 말이야. 그 이후에 나는 다시 너를 부르려고 했다. 진짜야! 심지어 다시 돌아올 수 있는 기회도 주었단다! 그래, 김승주 씨! 내가 너한테 보낸 기회였다. 지옥 최고의 악마 베스탄을 버릴 리가 있느냐?"

"이제 와서 구차한 변명 해봤자 소용없어요! 어차피 모든 게 저에겐 의미가 없어졌어요!"

"그게 무슨 말이냐? 베스탄, 네가 돌아오지 않고 인간 세계에 영원히 남는다면 넌 얼마 못 가 그곳에서 사라지게 될 거야. 내가 너를 그곳에 보낸 것과 네가 그곳에 남기로 한 건 천지 차이니까."

"알아요. 생각해 보니 그것도 나쁘지 않더라고요. 제가 마지막으로 죽이는 존재가 하찮은 인간이 아닌 바로 지옥에서 가장 유능했던 악마 베스탄이라니…"

"베스탄! 다시 한번 생각해 보는 게 어때? 넌 늘 생각하지 않고 행동하는 게 문제였어. 유능하지만 생각이 짧았지! 나에게 조금만 시간을 주면 모든 문제를 해결하고 너를 부를 테니…"

"이미 다 끝났어요. 더 이상 저를 건드리려고 하지 마세요! 저는 확고하니까. 다만 당신께 드릴 시간은 얼마 남지 않았다는 걸 알려드리죠. 만약 당신이 민철 씨를 다시 내려 보낸다거나 선애 씨를 인간으로 다시 돌려보내지 않는다면, 저는 이곳을 불바다 지옥으로 만들 생각이거든요."

"베스탄, 너 혹시 알고 있었던 게냐? 선애가 이미 죽은 영혼이었다는 걸."

"처음 사무실에 온 순간부터 알았죠. 그녀에게 풍겼던 지독한 악취. 지옥에 온 죽은 영혼에게 수백 번 맡았던 악취…"

"하지만 선애를 다시 인간으로 돌려보내는 건 불가하다. 알지 않느냐? 내가 지금 선애에게 불어넣은 인간의 생명은 한시적인 악마의 계약 때문이야. 곧 사라지게 될 것이다!"

지철을 달래는 지옥의 신의 말투와 다르게 당장이라도 지철을 죽이고 싶다는 듯이 악마의 상담소 창문 밖으로는 여러 개의 번개가 번쩍이며 요란한 소리를 내고 있었다.

"겉과 속이 다른 건 여전하시네요. 자신이 만든 법을 제일 지키지 못하는 악마가 바로 지옥의 신이시죠. 저를 이해하는 척하면서 속으로는 저를 죽이고 싶으신가 봐요? 안 되겠네요. 다섯 시간 드리죠. 아시죠? 저는 생각보다 참을성이 없어서… 아! 그럼 민철 님이 이승에서 다 쓰지 못한 생명을 선애 씨에게 불어넣어 주시면 되겠네요. 어때요? 간단하죠?"

"아니! 그런 말도 안 되는…"

"그렇다면. 세 시간 드릴게요. 지금으로부터."

지철은 시간을 통보하고 전화를 끊어버렸다. 그리고 그 옆에서 지철의 통화를 듣고 있던 선애의 얼굴엔 당황한 빛이 역력했다.

"아니… 원장님! 이게 다 무슨 소리예요? 제가 죽었다고요? 아… 아니죠? 제 기억엔 저는 분명 인력 사무소에 앉아 있었는데…"

"그때 한 그림자가 다가왔죠? 아카시아 향이 짙게 묻어나는…"

"맞아요. 그랬어요."

"당신은 아마 대기실에 앉아있었을 거예요. 그곳에서 자신이 죽은 지 깨닫지 못한 채 이승에서의 일로 재판을 받게 되죠. 천국으로 갈지 지옥으로 갈지. 그리고 때마침 지옥의 신이 내가 벌인 천기누설에 관련된 일 때문에 긴급회의를 하기 위해 그곳을 스쳐 지나가고 있었을 테고."

"맞아요. 그때 저는 이 사람, 저 사람에게 말을 걸고 있었어요. 오랜만에 밖에 나온 거라 신이 나있었거든요."

"지옥의 신은 당신을 보는 순간 깨달은 거예요. 나를 옭아 매기에 딱이라고 말이에요."

"말도 안 돼요. 저는 아직 살아서 할 일이…"

선애는 억울한 사연이 있는 것처럼 말을 선뜻 잇지 못 했다.

"맞아요! 당신은 살아서 해야 할 복수가 있겠죠. 그렇게 오 랜 시간 대기실에서 기다렸다는 건, 인간 세계에 두고 온 앙 금이 크다는 반증이니까. 그리고 이곳에서도 수차례 목격했 죠. 제가 상담할 때 복수라는 단어를 내뱉을 때마다, 찰나였 지만 당신에게서 살기가 뿜어져 나왔죠."

"맞아요. 제 손으로 끝낼 수 있다고 믿었는데…"

"인간의 생은 선애 씨 생각처럼 그렇게 쉽지 않아요. 선택 을 항상 해야 하죠. 그 결과에 대한 책임과 함께."

"지금처럼 말이죠."

"선애 씨. 착한 척, 위선 떨지 말아요. 어차피 당신은 아무 런 대가 없이 다시 인간 세계로 돌아갈 수 없어요. 이미 이 인간 세계의 생명이 다한 사람이니까. 그러니까 남은 복수를 하기 위해서는 구민철의 남은 생명으로 삶을 이어가야 하는 거죠. 인간 세상의 새 삶을."

"하지만 어떻게 그렇게…"

"어차피 남아있어도 남에게 해가 될 목숨이었어요. 당신이 이어간다 해도 아무도 탓하지 않아요!"

"하지만 제가 알잖아요. 남의 목숨을 빼앗고 살아가는 제가!"

"어차피 다시 태어나면 당신의 기억은 모두 지워져 기억을 못 할 텐데 무슨 소용이에요?"

지옥의 신이 깊은 고민에 빠진 것처럼 밖은 천둥번개가 요란하게 번쩍인다.

"말도 안 돼요. 저는 정말 당신을 다시 지옥으로 돌아가게 하기 위해 아니 제가 제자리에 돌아가기 위해 최선을 다했어요. 갑자기 이럴 수는 없어요. 당신은 이 모든 걸 이미 알고 있었죠? 저에게 한마디만 해줬어도…"

지철에게 들었던 내용들을 부정하듯 선애는 머리를 흔들며 고통스러워했다.

"아니요. 제가 한마디 했다 해도 선애 씨가 바꿀 수 있는 건 없었을 거예요. 인간이 할 수 있는 건 늘 지금처럼 이렇게 울부짖는 것밖에 없으니까요."

지철은 선애를 쳐다보며 씁쓸한 웃음을 지어 보였고, 선애는 인간이 할 수 있는 건 없다는 말에 발끈하며 소리쳤다.

"그건 아니에요! 저는 분명 제 손으로 마무리를 지을 수 있었다고요!"

"글쎄요… 그런 게 있었다고 해도 이제 와서 무슨 소용인가요? 보다 중요한 건 제가 당신에게 인간 세계로 다시 돌아갈 기회를 드렸다는 사실이죠."

"다시 인간 세계에 돌아가면 뭐 해요! 복수해야 할 인간을 기억하지 못하는데!"

선애는 지철의 거만하고 독선적인 태도에 질렸다는 듯 소리를 질렀다. 그 순간 창문 밖에서도 요란한 소리가 들려왔다. 순간 지옥의 신이 보낸 사신 K가 왔나 싶었지만 목소리가 왠지 익숙했다.

핏빛 얼룩진 선애의 과거

"유명한이 이쯤이라고 했는데… 어디지? 보이지 않잖아. 이 사기꾼 새끼, 또 나에게 사기를 친 거야? 그 악마가 상담해 준다는 상담소 어디 있다는 거야!"

잔뜩 술에 취해 고주망태가 된 남자가 건물이 보이지 않는 것처럼 주변을 서성이고 있었다. 지철은 창문 밖 그의 모습을 보고 묘한 표정을 짓는다. 그 남자는 분명 몇 달 전 팀워크 대외비를 쓰기 위해 가는 길에 만난, 유명한을 때리고 있던 남자였다. 사신 K가 말했던, 지철이 놓친 사이코패스. 그가 지철의 상담소가 보이지 않는 듯 서성이며 건물 앞에서 소리를 지르고 있었다.

"여봐요, 정지철 씨! 어디 숨었어요? 나 조주만이요! 당신들 덕분에 사진 찍혀 인생 망친 사람이요! 나와봐요."

건물을 쩌렁쩌렁 울리는 조주만의 목소리에 지철은 선애와 나누던 대화를 뒤로하고 건물 밖으로 나왔다. 밖으로 나오자마자 상담소 문을 겨우 통과할 것 같은 뚱뚱한 남자의 뒷모습이 눈에 들어왔다.

"어차피 우리 사무실에 들어오지도 못하겠군."

조주만을 위아래로 훑어보며 말하는 지철의 목소리에 흥분한 남자가 뒤를 돌아보며 소리쳤다.

"여기 있었군. 이 쥐새끼 같은 놈!"

지철의 멱살을 잡으려고 달려드는 주만의 두 손을 날렵하게 피하며 지철이 말했다.

"두 번은 안 당한다고!"

"그래! 나도 두 번은 안 당하려고 직접 찾아왔지. 당신, 내가 어떤 고초를 겪고 있는지 알기나 해? 인터넷에 얼굴뿐만 아니라 신상이 죄다 털려서 하고 있었던 사업도 친했던 거래처도 다 끊겨서 죽을 맛이라고. 그런데 이런 어쭙잖은 문자까지 보내?"

"무슨 문자를 보냈다는 거야? 나는 보낸 적이 없는데?"

"어, 그래? 이제 와서 발을 빼시겠다? 그럼 내가 보여주지.

이딴 거지 같은 문자에 내가 속을 줄 알아?"

주만은 자신의 핸드폰을 지철에게 들이밀며 메시지를 보여주었다.

> **[유명한 법률 사무소 1주년 VVIP 특별 이벤트!]**
> 축하합니다. 조주만 님께서 당첨되셨습니다.
>
> 6월 한 달간 이 문자를 받으신 분들에게 유명한 법률 사무소에서 1:1 개인 상담을 무료로 체험할 기회를 드립니다. 심지어 1+1의 혜택까지! 법률 상담이 끝난 후 저희와 연계된 악마의 심리 상담소에서 무료 상담까지 받을 절호의 기회! 아시나요? 얼마 전 화제가 된 악마 같은 배드파파의 신상을 세상에 고발한 분이 바로 악마의 심리 상담소 원장님입니다. 억울하고 힘든 일이 있다면 저희 유명한 법률 사무소와 악마의 심리 상담소가 지친 영혼의 파트너가 되어 드리겠습니다. 지금 바로 전화 주세요.

지철은 자신이 혜련을 위해 보냈던 문자를 주만에게 보란 듯이 편집해 보낸 듯한 이 문자에 흥미로운 미소를 지어 보였다.

"흥미롭군요. 선애 씨, 제가 보낸 문자를 흉내 내다니요."

지철의 뒤에서 이 상황을 지켜보고 있던 선애가 앞으로 나와 지철의 옆에 서서 조주만을 째려보며 말했다.

"원장님께서는 인간은 아무것도 할 수 없다고 하셨죠. 아니. 인간은 무엇이든 할 수 있어요. 지금처럼 말이에요!"

서로를 쳐다보며 나란히 서있는 지철과 선애가 답답하다
는 듯 조주만이 더듬으며 말했다.

　　"아무튼. 뭐 다 필요 없고! 당신 나한테 이딴 문자를 보낸
저의가 뭐야? 당신들 때문에 이미 충분히 망해가고 있는 나
한테 이딴 문자를 보내서 왜 화를 돋우냐고?"

　　길길이 날뛰는 그의 태도에 지철은 재미있다는 듯 손을 비
비더니, 혀를 날름거리며 말했다.

　　"하하하, 글쎄… 나도 갑자기 궁금해지는데… 선애 씨? 이
사람은 악마에게 바치는 제물인가요? 아니면 고마움의 표시
일까요?"

　　지철이 자신의 옆에 서있는 선애를 쳐다보며 말하자, 지철
을 뒤로하고 선애는 자신의 반대편에 서있는 주만에게 점점
다가가며 말했다.

　　"둘 다 틀렸어요."

　　"그럼요?"

　　"저를 위한 제물이죠. 이 사람이에요! 제 전남편. 자기 아
내도 기억 못 하는 가련한 사람."

　　주만 바로 앞에 선애가 다다르자, 그는 흠칫 놀란 듯 소리
쳤다.

　　"무슨 소리야? 지금 내 아내는 지금 아파트에서 아이들과

있는데…"

"아니 당신 두 번째 아내 말고 첫 번째 아내 말이야!"

"내 첫 번째 아내는 그러니까 민국이 엄마는 죽었는데… 분명 교통사고로…"

"아니! 교통사고가 나를 죽인 게 아니야! 당신이 이미 나를 죽였었어!"

첫 번째 아내 이야기를 하자 얼굴이 사색이 된 주만은 자신 앞에 서있는 여자의 명찰에 뚜렷이 적힌 선애라는 이름을 보고 뒷걸음치기 시작했다. 그런 그의 모습에 이미 예전의 모습이 사라진 듯 보이는 선애가 주만에게 다가가며 말했다.

"뭐… 얼굴을 기억 못 하는 건 예상했어. 당신은 늘 나를 쳐다보지 않고 바닥이나 허공을 봤잖아! 마치 나와의 결혼을 부정하는 것처럼 말이야. 그런데 내 이름을 기억하는 건 흥미롭네. 그래. 잘 봐둬, 내 이름. 오늘 너를 이곳에 불러내 죽일 사람이니까 말이야!"

선애는 뒷걸음치는 주만에게 살의를 가득 담아 목을 조르려고 했지만, 그 순간마다 그녀의 손이 투명하게 변해 주만의 목을 통과했다. 몇 번이고 같은 동작을 반복하는 선애의 모습에 지철은 안타깝다는 듯 쳐다보며 말했다.

"선애 씨가 아무리 그를 죽이려고 해도, 당신은 살아있는 인간인 그를 죽일 수 없어요."

아직 자신 앞에 벌어지는 일들이 믿기지 않는다는 듯이 혼이 빠진 사람처럼 넘어져 있는 주만을 향해 목을 조르려고 하는 선애의 팔을, 지철이 그만하라는 듯이 잡아끌었다.

"원장님! 제발 이 인간을 죽이게 해줘요. 저도 이젠 혜련 씨처럼 고통스러웠던 기억에서 헤어 나오고 싶다고요!"

선애는 좌절한 듯 얼굴을 두 손에 파묻었다. 그런 선애의 모습을 지철이 차갑게 내려다보고 있었다. 마치 과거의 기억을 회상하듯 자신의 오른손을 들어올려, 날카로운 턱을 괴었다.

"그럼 그때 주만 씨를 처음 만났을 때 저를 막아선 것도 그를 도망치게 한 거였어요? 제가 그를 지옥으로 보내면 끝이 나버리니까?"

"맞아요… 제가 일부러 그랬어요. 어떻게든 저 인간을 제 손으로 아주 고통스럽게 죽이고 싶었거든요. 제가 당한 그대로 아니 몇 배로 갚아주고 싶었다고요!"

지철에게 팔이 잡힌 선애는 감정이 복받친 듯 쓰러져 울기 시작했고, 그런 그들을 보며 주만은 넘어진 채 뒷걸음치기 시작했다.

"미쳤어! 완전히 미친 사람들이었어… 사람들! 여기 미친 놈들이… 읍!"

주만의 등 뒤에 검은 그림자가 조용히 다가와 그의 입을 틀어막았다.

"재미있는 장면을 보려면, 당신은 좀 조용히 있어야겠어!"

"읍읍읍!"

쓰러져 울고 있는 선애와 그를 바라보는 지철 그리고 먼 발치에서 조주만의 입을 가리며 그들을 바라보는 검은 그림 자까지. 악마의 심리 상담소에 어울리는 핏빛 향연의 마지막 무대가 준비되고 있었다.

자신에게 유일하게 남았던 한 가닥의 희망마저 잃은 것처 럼 보이는 선애는 창백해진 안색으로 털썩 주저앉아서 지철 에게 자신의 이야기를 토해내듯 말하기 시작했다.

"제 전남편 그러니까 조주만 저놈은… 제가 자주 가는 카 페 사장이었어요. 학자금 대출을 갚으면서 과외로 생활비까 지 벌어야 하는 형편 때문에 늦게까지 카페에 남아서 학교 과제를 하거나, 과외하는 학생들에게 내준 숙제를 확인하곤 했거든요. 그렇게 매일 잠도 잘 못 자고, 빨갛게 충혈된 눈으 로 연거푸 커피를 마시던 저는 어느 순간 이제는 누군가에게 기대고 싶어졌는지 모르겠어요. 마치 끝도 보이지 않는 칠흑 같은 어둠 속 바닷가에서 나를 구해줄 누군가를 기다리는 기 분이었으니까요… 그리고 그때 문득 그가 컵홀더에 써주고 있던 글귀가 눈에 들어오기 시작했죠. '힘내요!', '오늘은 날씨가 흐리니 꼭 우산 챙겨요', '굶지 말고 꼭 끼니는 챙겨 드세요. 요즘 좀 마르신 거 같아요'. 그리고 그 글귀들이 점점 저에게 속삭이기 시작했어요. 이런 사람이라면 너에게 믿음직한 등대가 되어줄 거라고 말이에요."

"승주 씨에게 조언했던 말들이 그럼?"

"맞아요. 제 경험을 이야기해 주었던 거예요. 그때는 그가 나에게 적은 말들이 진심인 줄 알았으니까 말이에요. 하지만 결혼 후 얼마 안 가 알게 되었죠. 그 컵홀더에 적힌 글귀들은 저뿐만 아니라 모든 여자들에게 던지던 추파 같은 것이었고, 제가 상상했던 등대는 저뿐만 아니라 이 세상 모든 여자를 향해 비추고 있었다는 것을 말이에요."

"바람을 피웠군요."

"맞아요. 바람을 피우는 정도가 아니라 그냥 제 앞에서 뻔뻔하게 상간녀와 통화를 하거나, 막말하기 시작했죠. 자기에게 붙어서 피를 빨아먹고 있는 벌레라는 등 정말 입에 담기 힘든 말들을 하기 시작했어요. 마치 다른 사람이 된 것처럼 말이죠."

선애의 말을 들은 지철은 무언가 떠오른 것처럼 표정이 점점 묘하게 굳어가고 있었다.

'마치 전두엽 치매가 걸린 사람처럼 말이죠.'

혼잣말까지 내뱉었다. 다행히 그런 모습을 눈치채지 못한 선애는 계속 대화를 이어갔다.

"그래도 저는 도망갈 수 없었어요. 제 안에 새 생명이 자라나고 있었거든요. 그리고 생각해 보면 그때 저는 이미 그에게 길들여진 상태였던 것 같아요. 그가 나를 버리면 어떡하나? 나는 이제 그 없이 살 수 없는데… 그런 불안감이 더 저를 작게 만들었죠. 그러다가 그가 아이에게까지 폭언하며 손을 대기 시작할 때 깨달았어요. 이 사람은 사람이 아니다. 어쩌면…"

지철이 그 당시 선애의 심정을 알고 있다는 듯이 말했다.

"그의 몸속에 악마가 들어온 것은 아닐까 싶었겠죠?"

놀란 선애의 눈이 깊은 한숨을 쉬는 지철을 바라보았고, 그는 선애의 시선을 피해 눈을 질끈 감았다. 그리고 얼마 전 사신 K가 자신에게 넌지시 던졌던 말을 떠올렸다.

천국에 있는 악마훈련소

선애와 지철이 재미있다는 듯 낄낄대며 바라보고 있던 사신 K는 이제 자신의 차례가 되었다는 듯 천천히 지철을 지나쳐 선애를 향해 걸어가면서 말을 시작했다.

"선애 씨, 저승에는 아이러니한 일들이 많아요. 그중 으뜸은 아마도 천국에 있는 악마의 교습소가 아닐까 싶군요."

"악마의 교습소요? 악마를 더 사악한 악마로 만드는 곳인가요?"

"음. 그렇게 표현할 수도 있고 더 정확히 말하면 악마가 될 영혼들을 미리 훈련해 두는 장소 같은 곳이라고 할 수 있겠죠. 악마가 될 영혼은 많지 않아요. 조건을 갖춰야 하죠. 지옥의 험난한 스케줄을 버틸 정신력. 누구에게든 상처 줄 수 있는 냉정함. 그리고 악마가 되었을 때 받게 될 방대한 기억 때문에 지워진 자질구레한 기억을 아무렇지 않게 대하는 뻔뻔함. 모든 조건이 갖춰지면 그들을 올바른 악마의 길로 지도할 훈련사가 배정되죠. 지옥의 신이 직접 뽑은, 지옥에서도 악랄하기로 유명한 자로 말이죠."

"설마… 그 악마가… 원장님이에요?"

"맞아요, 베스탄. 그는 인정하기 싫지만, 최고의 악마였으니까. 지옥의 신이 그의 불평을 듣지 않기 위해 보낸다는 설도 있었는데, 뭐 지옥에서는 그가 최단기간 최고의 악마가 된 건 사실이고, 사실 지옥의 문을 지키는 역할 자체가 이미 그가 최고라는 걸 증명하는 거죠. 생각해 보세요. 악인들을 줄을 세워 들어가게 하는 일인데, 얼마나 잔인한 행동을 많이 하겠어요? 그리고 그 사실을 저자의 오른손이 증명하고 있죠. 인간을 직접 지옥으로 보낼 수 있는 능력. 지옥의 신이 아무한테나 저 능력을 주진 않죠. 최고의 악마 훈련사만이 가질 수 있는 특권 같은 거랄까?"

"닥쳐! 너 따위가 함부로 입에 올릴 능력이 아니야!"

지철은 더 이상 못 참겠다며, 소리쳤다. 하지만 그 소리에도 아랑곳하지 않는 사신이 말을 이어갔다.

"아무튼 그 악마의 훈련소라는 곳이 왜 천국에 있는지 아세요? 공식적으로 알려진 설은 악마들이 천국을 보면서 교화되길 바랐다는 거였는데, 실상은 항상 인력 부족으로 허덕이는 지옥에 훈련소를 설치하면, 개나 소나 다 그곳에 가게 해달라고 폭동이 일어날 수 있기 때문에 천국에 숨겨둔 거였죠. 그럼, 이쯤 되면 슬슬 그가 그곳에서 무엇을 했는지 궁금해지지 않나요?"

"어떤 일을 했는데요?"

"미래에 악마가 될 영혼들을 훈련하는 일이요. 인간 세계에서 아무리 못된 짓을 한 인간이라고 해도, 지옥에서 악마로서 해내야 할 업무는 한 차원 위의 일이었으니까요. 그래서 악마의 훈련소를 지어, 미래에 악마가 될 사람들의 몸에 내려가 미리 그들을 교육하게 되었죠. 최고의 악마가 알려주는 남에게 상처 주는 방법, 잔인하게 괴롭히기 위한 교육, 끝이 없는 지옥을 보여주는 그런 일들을 말이죠. 사람들은 그런 사람을 보면 악귀가 들었다거나, 악마를 보았다고 말하더군요."

"그럼, 저희 남편도…"

"아마도요. 사람도 베스탄도 기억하지 못할 거예요. 미래악마가 될 사람에게 들어가 훈련할 때의 기억은 훈련 기간이끝나면 자동으로 삭제되죠. 악마에게 유일하게 허락된 기억의 삭제. 예전에 어떤 악마가, 본인이 교육한 신입 악마가 들어왔을 때 자기 애제자라고 편애했던 사건 때문에 한번 난리가 났던 적이 있어서 그런 규칙이 생겼죠. 하지만 선애 씨 이야기를 들을 때, 갑자기 지워진 과거의 기억이 떠오른 것 같군요. 자신이 벌였던 일이라는 걸…"

사신 K는 보통 때라면 자신에게 달려들고 남았을 지철이 묵묵히 서있는 모습을 가리키며 말했다. 사신의 이야기를 들은 선애는 살면서 지금까지 자신이 당한 일들이 지철 때문에 생겼다는 사실에 경악하며 소리쳤다.

"아니? 그럼 그 악마 같은 사람들에게 당하는 사람들은 무슨 죄예요? 왜 그들은 이유도 없이 내리치는 벼락을 매일 맞아야 하죠? 무슨 죄를 지었길래, 그런 인생을 살아야 하는 거냐고요?"

지철을 쳐다보며 핏줄을 세우고 따지는 선애를 바라보며, 이제 자신의 할 일이 끝났다는 듯이 사신 K는 한 발짝 물러났고, 그의 옆에 서있던 지철은 어쩔 수 없다는 듯 자신을 노려보는 선애를 향해 대답했다.

"진정해요. 가만히 생각해 보면 그렇게 흥분할 일은 아니에요. 오히려 로또 같다고 볼 수 있죠. 지상에서 그들에게 희생한 시간을, 죽어서는 천국행 티켓으로 보상받는 행운 말이에요. 저 같은 악마는 아무리 열심히 일해도 그런 선택조차 주어지지 않으니까요."

선애는 뻔뻔한 지철이 어이없다는 듯 눈을 질끈 감으며, 손으로 부채질을 하기 시작했다.

"아니 뭐라고요? 끝까지 이기적이네요. 원장님! 희생이요? 왜 제 인생이 이 거지 같은 인간 때문에 희생돼야 해요? 아무리 제 남은 인생이 천국이라도 지금이 지옥보다 더한 고통 속이라면 의미가 없는 거라고요! 아시겠어요? 이런 거지 같은 경우가 어디 있어요? 말도 안 돼요!"

"선애 씨. 쓸데없는 고집 그만 피워요. 신이 아닌 이상 우리가 바꿀 수 있는 건 아무것도 없어요. 제가 유일하게 당신에게 해줄 수 있는 건, 죽은 당신의 영혼을 다시 인간 세계에 보내주는 것뿐이에요. 필요하다면 조주만 씨는 지금 당장 지옥으로 보내드리죠."

"엄청나시네요, 최고의 악마인 베스탄 씨의 능력이!"

지철은 더 이상 이 거북스러운 상황을 참을 수가 없었다. 그래서 당장이라도 주만을 지옥으로 보내 이 당혹스러운 상황을 벗어나고자 오른손을 접었다 폈다 하는 동작을 반복하며 주만에게 다가갔다. 지철의 오른손에 밝은 섬광이 번쩍이더니, 그의 오른손이 향한 조주만이 그 빛으로 빨려 들어갔고, 그와 동시에 예상치 못한 한 그림자도 그 빛을 향해 뛰어들었다.

사신도 지철도 예상하지 못한 행동이었다. 꺼져가는 섬광 속으로 두 명의 그림자가 사라지더니 선애의 목소리가 들려왔다.

"만약 악마인 당신도 해결 못 하는 일이라면 제가 직접 지옥의 신을 만나야겠어요."

사라진 선애와 조주만의 그림자 뒤로 얼굴이 하얗게 질려버린 사신과 지철이 서있었다. 사신 K가 조심스럽게 지철에게 물었다.

"베스탄? 지금 우리… 뭘 본 거야?"

"천국에 있는 줄 알았던 죽은 영혼이 직접 살아있는 인간을 지옥의 신 앞에 데려가는 걸 본 거지. 사신과 악마의 눈앞에서 말이야."

"한바탕 난리가 나겠네… 지옥의 신이 천국에 배정된 죽은 영혼을 직접 인간 세계에 내려 보낸 게 알려질 테니까 말이야. 그걸 막고자 나를 직접 내려 보내신 걸 텐데…"

그들의 상황을 대변하듯이 천둥과 번개가 그들 앞에 요란하게 치기 시작했다.

"사신 K! 이 무능한 놈! 도대체 지옥엔 제대로 된 놈이 있기나 한 것이냐! 둘 다 지옥으로 와서 이 엄청난 혼란을 당장 해결하지 못할까!"

지옥의 신은 늘 그렇듯, 프랑스 샹송을 들으며 눈을 감고 나른한 오후를 보내고 있었다. 의자에 앉은 것인지, 몸의 가죽을 그냥 늘어놓은 것인지 모를 형태로, 지철이 제안한 문제들을 종이에 적고 있었다. 들어줄 것인가 말 것인가를 반복적으로 적었다 지웠다 반복하고 있을 때, 보랏빛 연기구름이 뭉게뭉게 피어나기 시작했다. 불안한 예감이 지옥의 신 뇌리에 꽂혔다.

'설마… 또? 이놈이!'

곧 구름 속에서 어렴풋하게 보이는 실루엣의 목소리가 들렸다.

"인력 사무소에서 만났던 검은 그림자가 당신이었어. 그리고 당신은 처음부터 나를 갖고 놀았어!"

지옥의 신의 방 안, 화려한 불꽃들이 연신 번쩍하더니 번쩍이는 불빛 사이로 얼이 빠진 듯 보이는 주만과 그 옆에 맹렬히 불타오르는 눈빛으로 눈이 빛나는 선애가 나타났다.

그들이 나타난 곳 바로 앞에 앉아있던 지옥의 신은 악마는 단것을 좋아하지 않는다는 말이 무색하게 형형색색 디저트를 맛있게 베어 물다가 자신 앞에 나타난 영혼을 보고 당황한 듯 캑캑거리기 시작했다. 그러다 자신 앞에 서있는 영혼이 헛것이길 바라는 것처럼 팔로 눈을 몇 번 비볐다. 그러다 자신 앞에 있는 게 살아있는 인간과 자신의 손으로 내려 보낸 선애라는 사실을 알아차리곤 황급히 자리에서 일어났다.

그러곤 그들과 눈을 마주칠 때마다 무언가 난감한 일에 봉착한 사람처럼 손을 물어뜯으며 매우 불안해 보였고, 그런 남자의 모습을 마치 지켜보기라도 한 것처럼 갑자기 전화벨이 울리기 시작했다.

울리는 전화기를 쳐다만 본 채 받지 못하고 발만 동동 구르고 있다가 어쩔 수 없다는 듯 긴 한숨을 쉬며 전화를 들어 올리는데 상대방 목소리가 어찌나 크던지 밖까지 쩌렁쩌렁 울렸다.

"아니 지옥의 신님! 천국에 와야 할 영혼을 마음대로 지상에 보냈다는 게 사실인가요? 제가 본 저승 출입국 기록에 찍힌 기록이 사실이에요?"

"아니… 그게 아니라… 천국의 신님, 제가 해명을!"

"이건… 정말 말도 안 되는 일이에요. 아무리 지옥의 신이라도 저희 세계에 배정된 영혼을 어떻게 마음대로 납치해서 이승에 보냈단 말이에요?"

"납치라뇨? 말이 좀 심하시군요… 그게… 저도… 나름대로 이유가 있었는데. 그걸 좀…"

"글쎄요? 그건 제가 방금 소집한 긴급회의 시간에 해명하셔야 할 것 같네요. 이번에는 엉터리 거짓말이라도 준비하셔야 할 겁니다. 지난 베스탄 사건처럼 묵비권을 행사한다면 이번엔 정말 참지 않을 테니까요!"

"거짓말이라뇨. 천국의 신님, 악마는 거짓말을 하지 않습니다! 일단 제 말을 우선 들어보시고…"

난감해하는 지옥의 신의 목소리를 무시하듯 상대편에서 전화를 먼저 끊어버렸고, 지옥의 신은 앞으로 자신에게 일어날 일들에 대한 두려움이 몰려오는 듯 애면 끊긴 전화기만 바라보고 있었다. 그 모습에 선애가 입을 열었다.

"하하하, 이런. 저희 때문에 난감한 일이 일어났나 보네요."

"…"

전화를 향했던 불타는 눈빛이 선애를 노려봤다. 더 이상 그 입을 나불거리면 가만 두지 않겠다는 듯 입에 지퍼를 다는 듯한 제스처를 하고 있는 지옥의 신에게 선애가 다가갔다.

"지옥의 신님? 천국에 갈 사람을 지상에 내려 보냈다는 건

제 이야기인 건가요? 그렇다면 이승에서 날뛰는 악마를 감시하려고 저를 내려 보냈다고 하면 되시지 않나요?"

비꼬는 선애를 보며, 아무것도 모른다는 듯 고개를 흔들며 지옥의 신이 말했다.

"어리석은 인간! 그들은 지옥을 위해 어떤 일도 하지 않는다. 그게 이 세계의 룰! 천국은 천국을 위해서, 지옥은 지옥을 위해서 존재하지. 그런데 그런 규칙을 깬 베스탄을 위해 천국에 배정된 영혼을 내려 보냈다? 불난 곳에 기름을 붓는 것과 같은 행위란 말이다!"

선애는 자신에게 내려질 벌들을 상상하며 정신이 혼란스러워 보이는 지옥의 신을 보며 지금이 기회라는 듯이 따져 물었다.

"그러면 왜 그런 위험을 감수하고 저를 내려 보낸 건가요?"

"어차피 넌 이 일이 어떻게 끝나든 조용히 이 지옥으로 다시 끌고 올 생각이었으니까. 넌 베스탄을 감시하기 위한 용도 그 이상도 이하도 아니었다. 인간이란 말이야, 늘 귀찮고 시끄럽기만 하지. 그래도 너의 입이 베스탄의 행동을 통제할 수 있을 거라 생각했거든."

"제가요?"

"베스탄이 인간 세계에 내려가 마지막으로 교육한 인간이 저 조주만이다. 최고의 악마를 키운다는 명목하에 아주 신이 나서 폭주하듯이 내려갔으니 얼마나 온갖 막말과 저주를 퍼부었겠어? 아주 줄을 타듯 신나게 너를 괴롭히던 베스탄은 네가 죽었다는 소식에 양심의 가책을 느낀 조주만의 감정을 느껴버린 거야. 그때 베스탄은 그의 몸속에 있었으니까. 그때부터는 베스탄은 철저히 무너져 버렸다. 그래서 더 이상 어떤 인간도 교육하지 못하게 되어 문지기로 다시 돌아오게 되었지. 물론 기억엔 없었겠지만. 널 다시 만난 후론 자신도 모르게 네 말이라면 다 들어주게 되었겠지. 양심의 가책이라는 보이지 않는 틀에 갇혀서 말이야…"

"왜 그렇게까지 잔인하게…"

"지옥에서는 쓸모없어진 소모품이 인간의 영혼이 되기도 하고, 감정이 생겨버린 악마가 되기도 하지. 말만 많고 악함이 사라진 악마는 쓸모가 없어 쓰레기통에 던져질 뿐이지. 버려진 쓰레기통이 더 많은 악한 사람을 배출한다면 나야 고맙고."

지옥의 신은 모든 게 자신의 계획 안에 있었다는 듯 웃어 보였다. 그리고 마치 그의 웃음을 모조리 앗아 가기라도 할 듯이 찢어지는 목소리가 지옥 내에 울렸다.

"10분 뒤, 신들의 긴급회의가 열릴 예정입니다. 지옥의 신은 해명 자료를 들고 회의에 참석하세요!"

그 방송을 듣고 마치 목이 타는 듯이 지옥의 신은 옆에 있던 빨간 통에 든 물을 벌컥벌컥 들이켰다. 그 모습을 유심히 보고 있던 선애가 의미심장한 말을 던졌다.

"그럼 차라리 천국에 배정된 영혼을, 악마를 교육하기 위해 인간 세계로 보낸 거라고 하면 어때요?"

"그게 무슨 말도 안 되는…"

"가끔 왜 그럴 때 있잖아요. 웃으며 친절하게 말하는 사람에게 더 상처받을 때 말이에요. 천국 사람들에게 어필하는 거예요. 악마보다 더 나은 훌륭한 훈련사가 천국에 있었다며, 지금 테스트를 막 끝내고 돌아온 거라고 말하면 통할 것 같은데… 어차피 천국엔 할 일도 없다면서요? 악마가 될 사람을 천국에 배정되었던 영혼이 교육한다고 하면 얼마나 뿌듯해 하겠어요? 아마 박수갈채가 쏟아질 걸요?"

"그걸 누가 믿어준단 말이냐?"

"제가 증언해 드릴게요. 대신 조건이 있어요."

"조건?"

"원장님 그러니까 베스탄 님을 다시 이곳 제 앞에 불러주세요. 제가 따져야 할 일들이 많거든요."

나쁘지 않은 것 같은 조건에 지옥의 신이 그러겠다고 말하고 사신 K와 지철이 있는 악마의 상담소에 번개를 치며 말했다.

"사신 K! 베스탄을 끌고 지옥으로 와서 이 혼란을 해결하거라! 당장!"

지옥의 신이 선애를 돌아보며 약속을 지켰다는 듯이 씨익 웃어 보였고, 선애는 자신의 또 다른 계획을 숨기듯이 의미심장한 미소를 지어 보였다. 그 옆에는 영문도 모르고 끌려온 주만이 지옥의 신과 선애를 번갈아 쳐다보며 앉아있었다. 지옥의 신이 휘파람을 불자 근처에 있었던 까마귀가 날아와 지옥의 신 어깨에 앉았다.

"마귀야! 우리가 다녀올 동안 이 인간을 감시하거라. 만약 조금이라도 움직인다면 그의 눈을 파먹어도 좋아!"

지옥의 신의 명령이 매우 흡족한 듯 까마귀는 연신 고개를 조아리며 알겠다는 표시를 하였다. 지옥의 신은 선애에게 오른손을 내밀며 가자는 제스처를 보였고, 선애는 그의 손을 잡은 동시에 굳은 결심을 한 듯 자신의 입술을 꽉 하고 깨물었다.

지옥의 신이 왼손 검지와 엄지를 튕기자, 검은 연기가 자욱하게 피어오르더니 지옥의 신과 선애가 사라지고 그와 동시에 사신 K와 지철이 그곳에 나타났다.

"지옥의 신님, 저희 왔어요. 어디 계세요? 베스탄, 뭐라고 말을 해봐. 너도…"

"내가… 다시 이곳에 돌아오다니."

다시 돌아온 지옥이 믿기지 않는다는 듯이 지철 아니 악마 베스탄은 자신이 서있는 곳을 멍하니 둘러보고 있을 뿐이었다.

몇 분 뒤 흡족한 표정으로 문을 열고 들어온 지옥의 신이 한참 신나서 떠들었다. 그리고 그 모습을 사신 K와 베스탄 그리고 조주만이 멍한 표정으로 쳐다보고 있었다.

"아까 천국의 신의 표정을 봤느냐? 굉장했어. 너의 그 현란한 말솜씨에 매료돼 정신을 못 차리는 모습 말이다. 아니 어떻게 그런 생각을 할 수 있었느냐?"

선애는 우쭐대는 것처럼 어깨를 으쓱 올렸다 내리더니, 입을 쭈욱 내밀며 별것도 아니라는 듯이 말했다.

"처음 사신 K님에게 지옥의 훈련소라는 곳 이야기를 듣고 생각했어요. 악마를 탄생시키기 위해 한 명의 인생을 꼭 희생해야 하는지… 다른 방법을 고민하다 보니 악마가 아닌 그 악마 같은 사람에게 당한 사람이 그를 더 잘 다룰 수 있다는 생각을 하게 된 거죠."

"그래서 네가 조주만을 지옥에서 가장 유능한 악마로 만들겠다고 그렇게 큰소리를 칠 수 있었던 것이냐?"

"맞아요. 심지어 저는 일이 아니라, 평생 바라왔던 숙원 사업 같은 거니까 말이에요."

"하하하. 그렇게 현란한 거짓말로 꾸며대니 천국의 신도 이제 천국이 지옥의 위에 있다고 생각하더구나. 천국의 영혼이 악마를 가르치다니… 말이 되냐 말이다, 하하하. 이 이야기가 너랑 내가 말 맞추어 다 꾸며낸 이야기인 줄도 모르고… 안 그러냐?"

중앙 상단에 위치한 금색 월계관 휘장을 두른 빨간 의자에 털썩 주저앉은 지옥의 신은 그동안의 스트레스가 사라졌다며 껄껄대며 웃기 시작했고, 선애는 어떤 대답도 하지 않은 채 가만히 서서 지옥의 신을 바라보고 있었다. 마침 그들을 기다리고 있던 사신 K와 베스탄은 도대체 어떤 상황인지 알아차리기 위해 지옥의 신과 선애를 번갈아 가며 쳐다보고 있었다. 그들의 눈빛을 눈치챈 지옥의 신은 이제 모든 일이 끝났다는 듯이 선애에게 말했다.

"흠흠… 그러니까 이제 모든 일이 끝났으니, 선애 너도 베스탄에게 풀 게 있다면 풀고 저 보기만 해도 성가신 인간을 데리고 인간 세계로 돌아가거라. 거기까지가 내가 해줄 수 있는 일인 것 같구나. 나도 더 이상 골치 아픈 일은 보기도 듣기도 싫구나. 더 이상은…"

머리가 지끈거리는지 양쪽 관자놀이를 손으로 누르다가, 이제 그만 가라는 듯 손을 휘저어 보였다. 그러나 선애는 그의 손짓에도 아랑곳하지 않고 지옥의 신을 쳐다보며 말했다.

"지옥의 신이시여, 제가 한 말은 거짓말이 아니에요. 앞으로 제가 할 일들이었어요."

"그게 무슨…? 우리는 그냥 화가 난 천국의 신을 진정시키기 위해 임시방편으로…"

아무 일도 없었던 것처럼 만들려는 지옥의 신의 속셈을 이미 예상했다는 듯 선애는 자기 옆구리에 꽂아두었던 문서를 지옥의 신에게 들이밀었다. 그 문서를 본 지옥의 신은 당황한 듯 얼버무리기 시작했다.

"그것은… 그때 상황을 모면하기 위한 가짜 서약서가 아니냐. 어차피 너랑 나랑 없었던 일이라고 하면 그만인 한낱 종잇조각에 불과한 것을… 왜?"

"아니요. 저는 진짜였어요. 여기 쓰여있는 문구를 읽어볼까요? 나 지옥의 신은 힘든 인간 세계 훈련을 마치고 돌아온 선애를 악마를 키우는 훈련사로 정식 채용한다. 또한 첫 번째 악마 후보로 지정된 조주만을 시작으로 앞으로 훈련은 훈련사가 직접 인간의 몸에 내려가 진행하는 게 아니라, 인간이 잠에 들면 악마의 훈련소로 들어와 받는 방식으로 변경한다. 인간 세계에서는 이러한 훈련을 '가위눌렸다'고 명명하게 될 것이다."

그 문구를 들은 지옥의 신은 당황해 점점 핏기가 가시기 시작했다. 그 모습에 선애는 쐐기를 박듯이 말을 이어갔다.

"아, 그러므로 베스탄 님도 이제 지옥에 돌아올 명분이 생기신 거고요."

"그건 또 무슨 말도 안 되는…"

"왜요? 저는 지옥의 신님 말에 의하면 다시 인간 세계로 돌아갔다가 쥐도 새도 모르게 지옥으로 떨어질 영혼이었잖아요. 그런데 이제는 천국에 있는 지옥의 훈련소에 있게 되었으니, 지옥에 갈 영혼을 천국으로 보내면 돌아올 수 있다는 전제조건이 성립되는 거잖아요. 안 그래요? 아까 작성해주신 서약서에 이렇게 적혀있더라고요. 빨간 글씨로 '거짓말을 잘해도 약속은 꼭 지키는 지옥의 신'이라고 말이에요."

따지는 선애의 말에 한마디도 대답하지 못한 지옥의 신이 어안이 벙벙한 듯 쳐다만 보고 있자 사신 K가 자신의 살길을 모색하듯 선애에게 다가가 말했다.

"건방진 영혼 같으니. 어디 지옥의 신께 약속을 운운해? 여기가 천국인 줄 아느냐? 이곳은 지옥이라고! 지옥의 신의… 뭐라고? 빨간 글씨? 그럼, 지옥의 신님 혹시 악마의 맹세를 하신 건가요?"

"아! 그건 뭐 그냥. 보여주기 식으로 한 거라…"

사신 K는 선애가 펼쳐 든 서약서에 선명한, 붉게 타오르는 듯한 서명을 보며 한 발짝 뒤로 물러났다.

"아… 맹세하신 거면 지키셔야겠네요. 지키지 않으면 서열상 당신 다음인 악마가 지옥의 신으로 지정될 테니 말이에요. 서열상 다음 순서는…"

"저네요."

베스탄은 혼란스러운 상황이 이제야 이해된다는 듯 빙긋 웃으며 말했다. 이러나저러나 궁지에 몰린 지옥의 신은 자신의 자리를 지키기 위해서는 선애와의 약속을 지켜야 한다는 것을 깨달았다.

"교활한 영혼에 내가 속아 넘어갔군… 아무것도 바꿀 수 없는 하찮은 영혼들 주제에 감히!"

"전에는 그랬을지도 몰라요. 무기력하게 당하기만 했죠. 하지만 이제는 달라졌죠. 듣기만 해도 억울하게 살았던 제 삶을 보상받기 위해 무언가는 해야 됐거든요. 그리고 당신의 후계자가 저를 그렇게 만들었죠. 지옥에 갈 사람들도 항상 방법이 있듯이… 아무것도 못 하는 하찮은 영혼도 입술을 꽉 깨문다면 무엇이든 할 수 있게 말이에요. 그가 유명한 악마

훈련사였다는 게 사실인가 봐요."

뿌듯하게 미소를 지어 보이던 선애의 얼굴에 어느 순간 어둠이 물들었다. 인간 세계에서 원장 정지철과 함께 지내면서 백지 같았던 선애의 얼굴에 점점 검은 물이 들어갔고, 이제는 웃는 얼굴로 태연하게 지옥의 신도 상처를 줄 수 있는 영혼이 된 것이었다. 그 모습에 지옥의 신도 어쩔 수 없다는 듯이 손을 저으며 말했다.

"알아서들 하거라! 다만 나에게 피해 가는 일이 생긴다면…"

우르릉 쾅쾅 번개가 번쩍 선애와 사신 K 그리고 베스탄 앞에 꽂혔다. 그러곤 점점 화가 치민다는 듯이 소리를 질렀다.

"빨리 안 나간다면 다들 없애버리겠다! 당장 내 방에서 나가! 모두 다 꼴도 보기 싫으니…"

문밖으로 나온 선애는 사신 K에게 조주만을 부탁하며 악마 베스탄을 향해 씽긋 웃으며 말했다.

"거 봐요. 인간은 모든 바뀔 수 있어요. 독한 마음만 먹으면 말이에요. 이제 원장님 아니 베스탄 님도 원래 있던 곳으로 돌아가요. 저도 원래 있어야 할 장소로 돌아갈 테니…"

"선애 씨는 쓸데없는 짓을 한 거예요. 저도 제가 원한다면 얼마든지 돌아올 수 있었어요. 다만 돌아오기 싫었던 것뿐이에요."

"그렇게 생각해요. 그게 베스탄 님 마음이 편하다면…"

선애는 그렇게 작별 인사를 하고 자신이 앞으로 일할 천국에 있는 악마의 훈련소로 향했다. 그녀의 뒷모습은, 앞으로 자신이 조주만에게 되갚아 줄 많은 일들을 떠올리는지 신이 나 보였다. 자신이 절대 할 수 없을 거로 생각했던 복수를 자기 손으로 이루게 된 그녀는 천국과 지옥 어디에도 속하지 않는 영혼처럼 빛이 났다.

반면 베스탄은 무감하게 그저 자신에게서 멀어져 가는 그림자들을 멍하니 바라보고 있었다.

그토록 원하던 지옥에 돌아왔음에도 불구하고, 변해버린 베스탄은 더 이상 이곳이 예전처럼 평온하게 느껴지지 않았다. 그건 아마도 소리 지르며 고통스러워하는 영혼들이 이제 그에게는 그저 무색무취의 죽은 생선들과 같게 느껴졌기 때문일 터다. 그가 인간 세계에서 있었을 때 인간에게서 듣는 이야기는 바닷속에 살아있는 생선들처럼 신선한 고통의 향 같은 걸 느낄 수 있었는데 이곳은 죽은 영혼들뿐이었다.

서류에 하루 종일 파묻히다가 온 유명한에게 늘 났던 비에 젖은 듯한 꿉꿉한 서류 냄새, 바리스타 승주 옷에 진하게 배어있던 탄 커피콩의 향, 그리고 혜련에게 밴 살 겹겹이 쌓인 곳에서 나는 달큰한 땀 냄새 같은 것들에 이미 베스탄은 익숙해져 버렸다.

그중 제일 그리운 건 아무래도 단맛을 좋아하지 않는 그에게 선애가 타주던 달콤하고 따뜻한 커피 향이었다. 선애가 커피를 잘 타지 못하는 관계로 설탕을 가득 넣은 그 커피 한 잔을 마시면, 식도를 타고 구르며 까끌까끌 목을 긁으며 내려가던 설탕들이 어느 순간 자기 몸 곳곳에 퍼져 따뜻하게 데워주는 느낌이었다.

그런데 지금은 심지어 뜨거운 지옥 불이 베스탄을 향해 활활 타고 있음에도 불구하고, 차가운 바람이 자기 온몸을 스쳐 지나가는 것 같은 느낌이 들었다. 그래서 오늘도 베스탄은 지옥의 문 앞에 서서 검은 그림자처럼 무색무취의 영혼들에게 빨리 꺼지라는 듯 손을 휘저을 뿐이었다. 마치 논밭에 묶어놓은 검은 옷을 입은 허수아비와 같은 모습이었다.

그리고 그런 기분 탓이었는지 베스탄은 자기 몸도 마치 비가 오는 날 물에 젖은 이불처럼 힘없이 무너져 가는 것만 같았다. 그를 단단히 지탱하던 근육들도 어느새 뼈가 발린 생선의 살들처럼 축 처져가고 있었다. 이제 더 이상 지옥 최고의 엘리트도, 지옥을 지키는 수문장도 아닌 그의 모습을 보며 다른 악마들이 수군거리는 소리가 지옥의 신의 귀에까지 닿게 되었다.

"저런 거적때기 같은 모습으로 우리 지옥을 욕보이고 있는 베스탄을 지옥의 신은 왜 가만히 둔대?"

"알잖아. 우리 인원 부족한 거… 허수아비 같은 모습이라도 놔둘 수밖에 없는 거겠지!"

"하지만 너도 마음에 안 드는 거 아니야? 너도 저렇게 편하게 일하고 싶잖아. 가만히 서서 멍 때리다 집에 가는 게 우리의 로망 아니었어?"

"맞아… 사실 부럽긴 해. 안 보이면 모를까 저렇게 떡하니 지옥의 문 앞에 서있으니까 점점 저 자리를 빼앗고 싶어지더라고…"

"그래? 그럼, 우리가 뺏자. 지옥의 신을 찾아가서 따지는 거야. 우리가 저 허수아비 같은 베스탄보다 낫다고."

"야, 아서라. 이미 그랬다가 많은 악마가 번개형에 처해졌어. 다리를 절게 됐다거나 한쪽 눈을 실명하는 등 지옥의 신이 죽일 수 없으니까, 일만 가능하게 번개를 치셨대! 아악!"

자신의 뒤에서 대놓고 자신의 흉을 보고 있던 악마들의 말을 가만히 듣고 있던 베스탄이 이제는 시끄럽다는 듯 귀를 파며 그들 중 제일 시끄러운 악마의 귀에 대고 속삭였다.

"조용히 너희 차례를 기다려. 조만간 공석으로 만들어 줄 테니까!"

갑작스러운 그의 등장에 한참 그를 흉보던 악마들은 소스라치게 놀라며 베스탄에게서 최대한 멀리 달아나기 시작했다. 최근에 베스탄 가까이에만 가도 얼음장같이 얼어버린다는 루머의 효과인 것 같았다.

누가 낸 소문인지는 몰라도, 베스탄으로서는 나쁠 것 없기에 아무런 행동도 취하지 않았다. 아무래도 악마의 심리 상담소에서 선애가 자신의 옆에서 시끄럽게 떠들었던 것이 익숙해져 그 어떤 소문도 귀에 거슬리지 않게 되었는지도 모른다. 아무튼 그는 더 이상 이 상태로는 근무도 지옥 생활도 하기 힘들 것 같다는 듯 깊은 한숨을 '후' 하고 쉬며 어두운 낯빛이 되어 숙소로 돌아가려는데, 익숙한 아카시아 향기가 코끝을 자극했다.

"설마…"

저 멀리에서 뛰어오는 그림자의 정체를 알아차린 것처럼 베스탄의 동공이 아주 커지기 시작했다.

"원장님, 잘 지내셨어요?"

자신과 일할 때보다 더 밝아진 선애가 저 멀리서 인사를 하며 베스탄에게 뛰어오고 있었다.

"그럭저럭요. 선애 씨는 아주 좋아 보이네요."

자신과 다르게 밝은 모습에 선애에게 질투가 난 베스탄이 자신도 모르게 빈정대며 대답했다.

"아, 정말요? 제가요? 그런가요, 호호호. 어쩌면 그럴지도요. 이 악마의 훈련사라는 직업이 적성에 맞는 것 같거든요. 제가 당한 대로 그에게 갚아주면서 느껴지는 희열이랄까? 그런 것들이 저를 행복하게 만드나 봐요. 도파민 중독 같은 걸까요? 최근에는 지옥의 신의 신임을 받아서 악마 인턴제를 시작했는데 아주 반응이 좋아요. 악마가 될 사람들을 훈련해서 인턴 형식으로 현장에 투입하는 건데… 일을 곧잘 하더라고요. 왜 그런 말 있잖아요. 사이코패스는 교도소에서는 모범수가 된다는. 타인의 관심을 받고 싶어서 말이에요. 그래서…"

베스탄은 더 이상 말을 듣고 싶지 않다는 듯 손을 저으며 선애에게 말했다.

"아! 어쨌든 그렇다니 다행이네요. 저는 머리가 아파서 그럼 이만…"

선애를 스쳐가며 가던 길을 그냥 가려는 베스탄의 팔을 붙잡고 선애가 그의 얼굴을 들여다보며 말했다.

"진짜 원장님, 무슨 일 있으신 거 아니에요? 정말 안색이 안 좋으셔요. 그렇게 원하던 지옥에 왔는데 왜 이렇게 행복해 보이지 않으세요?"

"인간 세계에 내려간 사이 그들의 향에 중독됐나 보죠. 뭐…"

선애의 팔을 뿌리치며, 그가 없어도 마냥 행복해 보이는 선애를 보고 있기 힘들다는 듯 베스탄은 힘없이 돌아섰다. 멀어지는 베스탄을 보며 선애는 혼잣말했다.

'소문으로 해결되는 간단한 문제가 아니었구나…'

시간이 얼마나 흘렀을까? 사라져 버린 베스탄의 뒷모습만을 바라보던 선애는 더 늦으면 안 될 것 같다는 눈빛으로 이제는 매일 찾아가 익숙해져 버린 길을 향해 뛰어갔다.

선애는 익숙해진 어두운 복도를 지나 체리색 나무 문을 열었다. 들어가자마자 어느 때보다 강한 아카시아 향이 가득 풍겨 나왔다. 그 향기와 함께 들려오는 콧노래 소리는 인간 세계에서 늦은 저녁 마트가 닫을 시간에 간신히 들어갔을 때마다 들려오는 소리와 같게 느껴졌다.

'수고했어요.' 오늘도 많은 악행을 저지르셨다고 속삭이는 듯한 노래가 오늘 선애가 가르친 예비 악마들의 모습을 떠오르게 했다.

선애의 인기척을 늦게나마 눈치챈 지옥의 신은 신나서 부르던 콧노래를 멈추고 두 팔 벌려 환영해 주었다. 이런 환영이 이제는 익숙해진 선애는 웃으며 대답했다.

"오늘 기분이 매우 좋아 보여요, 지옥의 신님."

"모두 다 네 덕분이다. 네가 열심히 악마가 될 인재들을 훈련한 덕분에 악마들의 직업 만족도가 역대 최고로 나왔단다. 하하하, 악마들이 5점 만점에 3점을 준다는 건 상상도 못 할 일이란 말이다. 그중 네 전남편이었던 조주만에 대한 칭찬이 아주 많이 적혀있었는데… 마치 베스탄의 전성기 때를 보는 것 같다더구나. 악마들은 일만 줄어들면 온순해진다니까. 하하하"

"제가 제일 잘 아는 사람이었으니까, 어떻게 해야 일을 잘하는 줄 아니까요."

"그나저나 상으로 무엇을 받을지 생각해 봤느냐? 저번에 베스탄 소문 내주는 일도 아닌 거 말고 이번에야말로 지옥의 신이 주었다고 소문 낼 수 있는 걸로 말해보거라! 흠흠."

지옥의 신은 무엇을 말하든 들어줄 수 있다는 듯 어깨를 들썩였다. 선애는 환생 없는 천국에서의 삶이라고 말하려다가 문득 조금 전 만난 베스탄의 모습이 떠올랐다. 악마라 하기엔 독기가 사라진 얼굴로 터벅터벅 걷던 발걸음. 그 발걸음 소리 뒤에 들려오던 다른 악마들의 비아냥 소리.

"베스탄! 이 화장실 쓰지 마! 부정 타. 다른 데 가서 싸!"

예전 같으면 화를 내며 본보기를 보여줬을 테지만, 이제는 그마저 귀찮다는 듯 말없이 발을 돌려 다른 화장실을 찾아가는 그의 뒷모습이 눈앞에 아른거렸다. 선애는 눈을 질끈 감고 지옥의 신을 향해 말했다.

"지옥의 신님! 제가 악마의 훈련사를 하다 보니까… 이미 악마가 되기로 정해져 있는 인간들은 몇 없더라고요. 이렇게 지옥에 오는 영혼들은 많은데…"

"그게 문제긴 하지… 아무래도 3%밖에 없는 성향이다 보니까… 그래, 말해보거라!"

"그런데 제가 겪어본 바로는 굳이 사이코패스가 아니더라도 유능한 예비 훈련사들이 인간 세계에 있어요. 그러니까 다시 악마의 심리 상담소를 열어서 그런 인간들을 미리 찾는 거죠."

"인간 세계에서 말이냐?"

"맞아요. 자신을 괴롭혔던 사람들에게 복수하고 싶은 사람들 말이에요. 제가 조주만에게 복수하고 싶었던 것처럼 그들도 자신을 괴롭혔던 가해자에게만은 더 잔인하게 될 수 있는 거죠. 아마 그럴 수 있다면 그들도 저처럼 자신의 목숨을 걸고서라도 지옥의 신님과 계약을 하려고 할 거예요."

"흠. 그럼, 나는 천국에 갈 인재들을 미리 지옥으로 빼낼 수가 있겠구나!"

"맞아요! 지옥의 신님도 보셨잖아요. 천국에 있던 천사들이 얼마나 일을 잘하는지."

"불평도 없고? 흠…"

깊은 생각에 잠긴 듯한 지옥의 신에게 선애는 그의 귀에 대고 속삭였다.

"생각해 보세요. 지옥의 신님. 지금보다 더 많은 악마가 들어온다면 당신은 몇 명의 악마를 거느리는 게 아닌 몇백 명 아니 몇천 명의 악마를 거느린 진정한 지옥의 신이 되는 거예요. 그렇다면 지금처럼 다른 신들도 당신을 쉽게 건들지 못할 걸요?"

"하지만 우리의 이런 계획을 천국의 신이 허락해 줄까?"

"그럼요! 제가 천국에서 보니까… 천국의 신님은 아직도 천사들을 지옥으로 끌고 간 베스탄 님 얼굴을 마주칠 때면 심기가 아주 불편해 보이시더라고요… 베스탄 님을 아예 인간 세계로 내려 보내 얼굴도 안 보게 해준다고 한다면 지옥의 신님의 손을 잡아주실 거예요. 앞으로 펼쳐질 우리의 계획은 꿈에도 모르고 말이죠."

선애의 마지막 입김에 지옥의 신의 눈이 번쩍하고 빛나는 것처럼 보였다. 지옥에서 쓸모가 없어진 베스탄에 대한 불만이 걷잡을 수 없이 커지고 있었고, 왜 베스탄을 다시 불렀냐며 회의 때마다 자신에게 가재 눈을 치켜뜨며 따지는 천국의 신 얼굴도 슬슬 지긋지긋해지고 있었기 때문이었다.

"그렇지만 말이다. 정지철은 지금 베스탄이 지옥에 온 뒤로 오늘내일하고 있단다. 목숨이 얼마… 안 남았는데…"

"지옥의 신님 벌써 잊으셨어요? 베스탄 님이 저에게 주려고 남겨둔 목숨이 있잖아요."

"구민철!"

잊고 있었던 사실을 깨달았다는 듯 지옥의 신은 자리에서 벌떡 일어나 주머니 속에 숨겨 검은 종이로 싸두었던, 올록볼록 튀어나온 무늬가 있는 아보카도 같은 과일을 꺼냈다. 생명이 깃든 것이라는 걸 나타내듯 보라색으로 영롱하게 빛나고 있었다. 지옥의 신은 살아생전 가장 좋아했던 음식에 생명력이 깃들 수 있다고 말하며 선애에게 아보카도를 건넸다. 선애는 다시 아보카도를 주변에 보이는 검은색 종이로 대충 덮으며 지옥의 신을 향해 고개를 끄떡였다.

"일이 잘못된다면 그건 너의 일. 나는 모르는 일이란다."

"물론이죠. 지옥의 신님. 모두 제가 책임지죠."

선애는 지옥의 신에게 걱정하지 말라는 듯 눈인사를 하며 자신만 믿으라는 듯 당당하게 걸어 나갔다.

천국에 있는 악마훈련소

그 시각. 오늘도 똑같은 의미 없는 하루를 보내기 위해 베스탄은 알람을 끄고 자리에서 멍하니 일어났다. 헝클어진 검은 머리가 엉겨 붙은 것처럼 윤이 났고, 배는 마치 빈속에 커피를 연속으로 때려 마신 것처럼 쓰라렸다.

아무래도 어제 마땅한 화장실을 찾지 못해서 집까지 겨우 기어왔던 후유증 때문인 것 같았다. 아픈 배를 움켜잡고 검은색 이불에서 간신히 빠져나와 테이블로 향했는데 익숙한 향긋한 커피 향이 코끝을 스쳤다. 가늘게 뜬 실눈 사이로 테이블 위 하얀색 종이컵과 메모가 눈에 띄었다. 간신히 테이블까지 걸어가 적힌 메모를 읽어보았다.

현관문 비밀번호가 상담소와 같더라고요. 너무 곤히 잠들어 계셔서 깨우지 못했어요. 지옥에서는 아보카도 커피가 인기라고 해서 한번 만들어 봤는데 맛이 있을지 모르겠네요. 그래도 이 커피를 마시고 다시 예전 원장님의 모습으로 돌아오시길 바랄게요. ─선애

인기척 없이 어떻게 자기 집에 들어왔는지 모르겠지만, 오랜만에 맡는 향긋한 커피 향 때문에 자신도 모르게 커피를 마시게 되었다. 뜨거운 커피가 목구멍부터 부드럽게 쓸고 내려가 쓰라렸던 배를 따뜻하게 데우는 것 같았다. 그 기분이

베스탄이 인간 세계에서 정지철이었을 때를 떠올리게 했다.

"춥지만 따뜻했고, 귀찮았지만 설렜지…"

가만히 눈을 감고 베스탄은 그가 있었던 곳을 떠올리는 듯 중얼거렸다. 그렇게 몇 분이나 눈을 감고 있었을까? 갑자기 멀리서 어떤 목소리가 들려왔다.

"깨어났어요. 여보! 우리 지철이가… 지철이가…"

"지철아! 너 정신이 드니?"

어렴풋이 두 명의 그림자가 자신을 쳐다보는 게 느껴졌다. 마치 예전에도 봤던 장면을 다시 겪는 것처럼 온몸에 소름이 돋았다.

'꿈인가?'

그 생각이 틀렸다는 걸 증명이라도 하듯이 갑자기 뜨거운 체온이 자기 얼굴을 감싸는 듯한 느낌이 들었다.

"지철아, 고맙다. 다시 우리 곁에 와줘서!"

"여전히 시끄럽네요! 아주머니."

감싸고 있던 손을 뿌리치며 자리에서 일어나려는 지철을 이때가 아니면 안을 수 없다는 걸 아는 사람처럼 두 사람이 동시에 그를 와락 껴안았다.

"돌아왔네. 우리 아들!"

다시 상담을 시작합니다

매출 하락에 대한 책임이라니. 처음 내 두 눈으로 의심하게 만들었던 해고 사유였다. 밤새워 일하며 만든 수많은 보고서들이 결국 나를 향한 날카로운 칼이 되었고, 간신히 버티고 있었던 내 목을 댕강 하고 잘라버렸다. 너무 열심히 일해서 해고당하다니. 임원이라서 그런지 인사부의 가식적인 서류 절차도, 해고를 위한 안내도 없었다.

뭐라고 형용할 수 없는 기분이었지만, 정신이 반쯤 나간 상태에서 짐을 쌌던 건 분명하다. 당황스러운 당일 해고 통보에 내가 회사에서 들고 나올 수 있었던 건 회사 로고가 박힌 친환경 갈색 쇼핑백과 그 안에서 덜렁덜렁 흔들리고 있는 최우수 직원 명패뿐이었다.

남들은 재택근무 같다고 부러워하던 1인 사무실에서 나오니 주인 없는 의자 몇 개만이 휘휘 돌면서 나에게 잘 가라고 인사를 해주고 있었다. 10년 회사 생활에 인사 참 거하게 받네! 씁쓸한 기분에 엘리베이터를 탔는데 같이 탄 몇몇 직원들이 나를 향해 속삭이는 게 들려왔다.

"대박! 인사발령 봤어? 오늘 잘렸나 봐. 최연소 이사면 뭐하나? 아무도 송별회도 안 해준다던데?"

"맨날 책상에 앉아만 있는데 마켓 돌아가는 사정을 어떻게 알겠어? 수익을 어떻게 관리하겠냐고? 고개만 고고한 학처럼 치켜들고 다니더니 쌤통이다."

"그만해. 불쌍하잖아. 앞으로 이 바닥에서 끝났다고 봐야지. 다 올라가는 데 시간이 있고 순서가 있는 건데. 쯧쯧."

왜 이런 좁은 공간에서 흉을 보는 걸까? 그것도 그 사람 뒤에서? 나는 1층으로 빨리 도착하기 바라면서 눈을 질끈 감았다. 열심히 일한 게 죄라면 죄일까? 내가 또 고개는 얼마나 들고 다녔다고… 억울한 마음에 한마디 해야겠다 싶어 뒤로 돌았지만, 1층에 도착하자마자 나를 밀치며 썰물같이 빠져나갔다. 나는 그렇게 10년 넘게 일했던 회사에서 입도 뻥긋하지 못하고 나왔다. 앞으로 이 바닥에서 일하기 힘들 거라는 마지막 직원의 말이 귀에 맴돌았다.

그래서 아무 말이나 할 수 있다는 상담소를 SNS 광고로 접했을 때, 내 이름에 묻어있던 권고사직이라는 흙탕물을 신나게 털어놓고 오자는 생각으로 찾게 되었다.

하지만, 막상 악마의 상담소에 도착하자 나보다 더 거친 욕으로 회사를 비난하는 상담사를 만날 수 있었다. 거지 같은 회사 잘 때려치웠다며, 그런 회사 우리도 필요 없다며 핏대를 세우며 지옥이든 인간 세계든 열심히 일한 영혼들을 손가락 까딱해서 쓰레기통에 버리는 것들은 모조리 잡아서 싸그리 불 질러버려야 한다며 길길이 날뛰는 상담사의 얼굴을 보고 나도 모르게 고개를 푹 숙이며 미친 듯이 웃고 말았다.

그에게서 내 안에 깊이 묻어두었던 또 다른 나를 마주한 것 같은 느낌 때문이었다. 당신도 만약 당신 안에 있는 또 다른 자아를 더 이상 숨기지 않고 직접 만나고 싶다면 악마의 상담소를 꼭 방문해 보시길.

"어때요? 원장님? 홍보 글 인터넷에 올려봤는데 반응이 괜찮더라고요."

혜련은 칭찬받고 싶은 얼굴로 지철을 쳐다봤다. 그러나 그런 얼굴을 무시하면서 지철이 말했다.

"뭐 이런 걸 올려요? 필라테스 학원은 어쩌고 여기 있어요?"

"아! 원장님께서 직접 보내주신 그 공짜 문자 때문에 찾아온 친구들 열심히 가르치고 파산했죠, 뭐. 그래도 원장님 원망 안 해요. 그들에게 고통을 주면서 제 안에 묵혔던 감정들이 스르륵 녹아버렸거든요. 이제는 도망 안 치려고요. 선애 씨 조언대로 이곳에 있으면서 승주 씨와 함께 제 미래를 그려보려고요."

"다른 곳에서 미래를 그리면 안 될까요? 이곳은 가뜩이나 이렇게 사람들이 많아서 머리 아픈데?"

지철의 시선이 향하는 곳에 너도나도 번호표를 뽑겠다며 싸우고 있었고, 대기실 가득 형형색색의 사람들이 앉아있었다. 방금 배달을 하고 온 듯 헬멧을 쓴 라이더, 싸움을 하며 누가 맞는지 여기서 결판을 내자는 듯 씩씩대고 있는 남녀, 이런 사람들의 모습을 노트로 적고 있는 다소 어두워 보이는 모자 쓴 남자까지. 바쁜 지옥을 벗어나고 싶어서 시작된 일이 여기까지 오리라고는 상상조차 못 했다. 자꾸만 문을 열고 들어오는 사람들을 보고 한숨짓는 지철을 향해 혜련이 소리쳤다.

다시 상담을 시작합니다

"원장님, 빨리 그 새로 달아드린 코스모스 커튼에 들어가 있으세요. 우리 상담소 콘셉트 아시죠?"

"하이드 앤 시크… 그런데 혜련 씨 그 커튼 제 스타일이 아니라고 분명 말씀드렸는데. 혹시 혜련 씨 필라테스에서 쓰던 거 대충 가져온 거 아니에요? 냄새도 이상하게 꼬릿꼬릿한 게…"

지철의 말에 정곡을 찔린 듯한 혜련은 서둘러 지철을 상담실로 밀어 넣으며 말했다.

"원장님! 또 그러신다. 이런 일은 저한테 일임하시기로 했잖아요?"

어쩔 수 없이 상담실로 쫓겨나듯 들어온 지철은 문득 선애가 그리워졌다. 인간 세계에 떨어지면 기억을 잃기 마련이었지만, 이곳에서의 기억만은 온전히 각인된 채 남아있었다.

심지어 지옥의 신은 오른손의 능력 또한 빼앗아 가지 않았다. 오히려 선애처럼 한이 맺힌 사람을 보거든 오른손을 펴서 지옥에 보내달라는 메시지를 보내오기까지 했다. 마지막 자신에게 내리는 벌인가 싶다가, 선애라고 찍힌 이름에 문득 가슴 한편이 아려왔다.

'제일 소중한 걸 가져가신 건가?'

지철이 혜련을 만났을 때는 그녀가 본래의 모습을 숨기고 있었을 때라 선애보다 말 많고 기센 여자라는 걸 알아차리지 못했다. 이제 그녀와 함께 할 앞날을 그려보자, 자신도 모르게 단전에서 깊은 한숨이 '후' 하고 튀어나왔다. 시계가 아홉 시를 가리키자 정신을 차리고 고개를 들었는데, 지철의 눈에 알록달록한 코스모스가 들어왔다.

살짝 열어둔 창문 사이로 불어오는 바람을 타고 그 코스모스는 마치 살아있는 꽃처럼 흔들리고 있었다. 그리고 달콤한 사탕과 같은 냄새가 바람에 실려 왔다. 지철이 그 익숙한 냄새에 정신이 혼미해질 때쯤, 상담실 문이 끼익 하고 열리더니 익숙한 향기와 함께 한없이 다정하고 그리웠던 목소리가 들려왔다.

"오랜만이네요, 원장님."

작가의 말

'누구나 삶을 살아가기 위해서는 충전이 필요해.'

오랜만에 친한 사람들을 만나고 집에 돌아왔다. 반갑다며 인사하던 그들은 생기보다는 무언가에 치여 방전되어 버린 배터리 같은 느낌이 들었다. 출퇴근 시간에 치이거나 이유 없이 상사에게 반려되는 기안에 치여 급히 충전이 필요한 사람들처럼 빨간 불이 반짝였다.

심지어 새로운 인연이 있는 자리라면 새벽이라도 뛰쳐나가던 한 언니는 이젠 피상적인 인간관계를 벗어나 진실한 몇몇만 만나고 싶다는 이야기를 했다.

처음엔 거짓말 말라고 우스갯소리로 넘겼지만, 언니의 표정은 여태껏 내가 봐왔던 모습 중 제일 진지했다.

다들 웃으며 연락 자주 할 테니까 우리는 손절하지 말자며 헤어졌지만, 돌아오는 길에 많은 생각을 하게 만들었다.

생각을 많이 해서였을까? 집에 돌아오자마자 따뜻한 욕조에 비루한 몸을 담그고 싶어졌다. 그래서 집에 돌아오자마자 따뜻한 물을 욕조에 채우고 몸을 녹였다. 따뜻한 온도가 살결에 닿자, 방전되었던 배터리가 충전되는 느낌을 받았다. 노곤한 마음들이 모여 상상의 날개를 그리기 시작했다.

만약 사람들도 핸드폰처럼 에너지를 충전할 수 있다면 어떻게 될까? 방전된 상태로 돌아다니던 사람들이 표시된 잔여 배터리 퍼센트를 보며 각자 자신의 에너지를 충전하기 위해 자신에게 맞는 충전 방법을 찾게 되지 않을까?

예를 들면, 운동을 좋아하는 사람은 운동으로 잠을 좋아하는 사람은 잠으로 영화를 좋아하는 사람은 영화를 보면서 자신에게 맞는 코드를 찾아, 자신만의 방법으로 충전을 하는 것이다.

아주 조금 남은 배터리가 떨어질까 봐 노심초사하는 사람들을 위해 에너지를 돈으로 사서 보조 배터리를 만드는 회사가 등장하고, 어떤 사람은 자신의 충전 방법을 몰라서 남의 에너지를 훔치기 위해 다닌다면 더 재밌겠지?

상상이 최고조에 달하는 순간, 욕조 안에 넣었던 배스 밤이 부글부글 녹는 모습이 보였다. 온갖 내 상념을 녹여버리듯 녹는 그 모습에서 나의 이야기가 시작되었다.

'악마 베스탄, 방전된 인간들을 구해줘!'

악마의 귀라도 빌려드릴까요?

초판 1쇄 인쇄 2024년 10월 16일
초판 1쇄 발행 2024년 10월 30일

지은이 | 야초툰
발행인 | 강봉자, 김은경

펴낸곳 | (주)문학수첩
주소 | 경기도 파주시 회동길 503-1(문발동 633-4) 출판문화단지
전화 | 031-955-9088(마케팅부) 031-955-9530(편집부)
팩스 | 031-955-9066
등록 | 1991년 11월 27일 제16-482호

홈페이지 | www.moonhak.co.kr
블로그 | blog.naver.com/moonhak91
이메일 | moonhak@moonhak.co.kr

ISBN 979-11-93790-77-9 03810

* 파본은 구매처에서 바꾸어 드립니다.